Mon inavouable

Sophia Salabaschew

Mon inavouable

Roman

PLON
www.plon.fr

92, avenue de France
75013 Paris
www.plon.fr - www.lisez.com

Mise en pages : Graphic Hainaut
Dépôt légal : mai 2023
ISBN : 978-2-259-31496-1

Mon il était une fois

Il est tôt. Enfin tôt pour moi qui me lève tard. Il est dix heures du matin et ma journée a commencé depuis trop longtemps.

Je suis nue, nue du bas. Je sais que ma poitrine ne les intéresse pas. J'ai retiré seule ma culotte en les regardant et me suis allongée sur ce lit de fortune. J'écarte les jambes exactement comme ils le désirent et les observe dans le vague. Ne résonnent dans la chambre que les voix de ces deux hommes qui sont au-dessus de moi, qui ne me regardent même pas. Je ne dis rien. Ils parlent entre eux et vaquent chacun à sa besogne. L'un me pénètre, l'autre nous regarde, et moi je n'existe pas, n'osant même pas interrompre leur conversation sans aucun rapport avec l'acte qui se joue.

Je les écoute à peine. Je suis concentrée à ne pas avoir mal du va-et-vient et souffle pour ne pas trop contracter mon vagin. Celui qui me doigte sans émotion, mécaniquement, parle de ses vacances. Il éjacule le sperme de l'autre.

Ça parle de la Corse, des villages dans les montagnes, des routes sinueuses près des rivières, des restaurants cachés sur le cap. La famille de l'autre vient d'un petit village non loin de la maison de vacances de l'homme en blouse blanche, qui retire enfin la pipette et sa main de mon utérus. Il doit interrompre son excursion dans ses souvenirs chauds de l'été pour enfin m'adresser la parole et me dire de rester là, étendue pendant dix minutes.

Il ne m'a même pas regardée, l'autre non plus d'ailleurs, et ils s'en vont dans son bureau, me laissant patienter dans le froid blanc de la pièce aseptisée et mal chauffée.

Nous sommes le 15 février, dans deux jours j'aurai trente-trois ans et je viens de vivre ma première insémination artificielle.

Je me rends compte de la tristesse de la scène. Ça n'aurait pas dû se passer comme ça. Treize ans que nous sommes ensemble, trois que nous essayons, des mois que je ne crois plus en mon corps. Qu'est-ce que je fais là ? Dans le brouhaha des discussions sur la liqueur de châtaigne et d'omelette à la brousse qui résonne derrière le paravent médical, je m'évade dans mes pensées.

Je suis dans le bus me ramenant chez moi, traversant tous les Hauts-de-Seine.

« C'est facile, c'est facile. » Je sors de chez ma gynéco de toujours qui a décrypté les résultats des tests que je viens de faire. J'ai des ovaires polykystiques. Elle me donne l'adresse d'une consœur spécialiste de l'infertilité, car elle-même ne peut plus rien pour moi.

Je suis assise dans le bus parmi un tas d'inconnus et j'éclate. Je suis dégueulasse, je crie comme une pleureuse antique. J'enterre ma féminité. Je ne suis pas normale. Je ne suis pas une femme. « C'est facile, c'est facile. » Je répète cette phrase mille fois dans ma tête, pleine de morve, de bave et de larmes en me balançant comme une hystérique dont on aurait tué l'enfant et qui n'a même pas de mouchoir. Elle voulait me réconforter, avant de vite refermer la porte sur sa cliente réalisant le vide de son corps. « C'est facile, c'est facile », me montrait à quel point ça allait être difficile de donner la vie comme n'importe quelle femme normale en a le pouvoir sur terre. Toutes sauf moi.

Quelques mois après, j'ai un rendez-vous chez une spécialiste recommandée par une amie d'amie d'amie qui a maintenant quatre enfants. Plusieurs mois d'attente pour obtenir le premier rendez-vous. Il ne faut pas rater l'entretien sinon je serai ménopausée avant d'avoir commencé le traitement.

Dans la salle d'attente, d'autres couples au bord de la rupture, face à leur propre incapacité à faire ce que l'humanité attend d'eux, prennent leur mal en patience. Nous aussi. Pas question d'esquiver malgré les rumeurs persistantes de demi-journée d'attente, parfois plus, avant de pouvoir suivre la blouse blanche dans le couloir. Je m'aventure une seule fois jusqu'au secrétariat pour m'assurer que notre dossier, encore vierge, est toujours dans la pile.

C'est enfin à nous, elle est jolie, plutôt jeune, des chaussures à talons rouges vernis, et très rapide. J'ai pris le siège de gauche, mon mari est à ma droite, comme dans notre lit, et elle nous pose plein de questions en regardant les résultats des examens que je lui ai apportés, pas du tout classés, pas du tout complets, tous entassés dans un sac craquelé que j'ai reçu en cadeau lors de la première radio de mon utérus froissé.

Elle dit plein de choses, trop de choses, se rend compte de notre différence d'âge. Vingt ans. Qu'on va devoir aussi regarder de son côté car il n'est plus tout jeune. Je défends le choix de mon partenaire en lui excusant déjà deux enfants. Oui, mais c'était il y a longtemps. Et vous faites quoi, madame, dans la vie ? Moi ? Oh je suis ingénieure du son dans des documentaires animaliers et ethnologiques, je fais une thèse en anthropologie, une licence de bulgare et j'écris un livre sur mon père. Et là, l'entretien pour la survie de mon espèce foire totalement. Je me mets à pleurer tout en m'excusant de pleurer. Je ne sais pas ce qui m'arrive, je vous jure, je suis très heureuse. Elle le regarde, elle me regarde, conclue par un «Bon, on va travailler d'abord la tête», en me tendant une feuille où sont inscrits plusieurs noms de psys. Il ne dit rien, il n'a rien dit, il est juste un peu désemparé par mes émotions. Elle nous raccompagne. J'ai quand même le droit de passer toute la batterie d'examens redoutés aux noms imprononçables. Je ne retiens rien. La prochaine fois, j'enregistrerai la consultation. Je prends un mouchoir dans la boîte presque vide sur le bureau de la secrétaire. On doit beaucoup pleurer ici, ou être enrhumé, ou les deux, à regarder les photos de naissances réussies sur le mur, tout en remplissant les chèques qui seront remboursés plus tard par la Sécu. Mon dossier est quand même accepté, et change de pile.

15 février, la date est fixée, arrêtée. Cela fait des jours que je me pique le ventre et que je dois observer l'évolution de mes œufs sur un écran noir et blanc où je ne vois rien. Ce sont les vacances. Le 15, ma spécialiste aura troqué ses talons vernis rouges contre des chaussures de ski, sûrement rouges elles aussi, et descendra les pistes, suivie de ses enfants et son mari. Et moi je me ferai

inséminer par son collègue, son mentor, un grand ponte, le deuxième meilleur procréateur de France.

On se réveille aux aurores pour être à sept heures et demie au laboratoire pour prélever son sperme. Je l'accompagne pour être au plus près de lui dans cet acte de création qui se fait logiquement corps à corps.

Il s'en va avec une infirmière. Je reste dans la salle d'attente, seule femme réelle dans ce lieu de fantasme où les hommes viennent se branler sur commande. J'essaye de ne pas penser à ce qu'il est en train de faire à quelques mètres de moi avec mon consentement. Se donner du plaisir en s'astiquant sur un tas de magazines porno et devant un mur d'écrans où des femmes et des hommes font ce que nous devrions faire naturellement dans notre lit au petit matin. Je suis dégoûtée de savoir que notre enfant aura été conçu par un père qui ne s'excite pas sur moi, mais des étudiantes plus jeunes encore ou sur des suceuses de chevaux ou sur des *lady-boys* de salons de massage, qui sait ? Je ne sais pas ce qu'il a dans la tête quand il ne pense pas à moi.

Je suis là, dans la salle d'attente, assise sur une chaise en plastique orange cassée, et regarde tous ces autres hommes, ceux qui dans un autre temps n'auraient pas eu d'enfant de leur sang, mais auraient élevé celui d'un voisin, d'un ami, d'un amant, connu ou inconnu de leurs épouses infidèles, prêtes à tout pour devenir des mères fidèles à leur bâtard tant désiré. J'imagine que si l'infirmière se trompe, l'un d'eux pourrait être le futur père de mon enfant. J'aurais soixante pour cent de chances d'avoir un métis eurasien ou afro-européen comme on dit aujourd'hui, il pourrait aussi être roux, ou même chauve, comme mon mari. Il revient. Il me sourit, et je le déteste. Il a joui sans moi en pensant à tout, sauf à moi. Il vient de me tromper en toute légalité et je pense à ma vengeance : me faire toucher par d'autres mains que les siennes dans la suite de la procédure, devant lui, sans qu'il ne puisse rien faire que penser qu'il m'a perdue dans des doigts inconnus alors que je serai pleine de sa semence triée, centrifugée.

Nous quittons enfin la salle de torture. Mon amant en blouse blanche ne m'aura donc jamais adressé la parole.

Après un passage au secrétariat où mon dossier déborde maintenant, nous sortons dans la rue. Il me propose de prendre un café, mais je n'ai pas le temps, lui non plus d'ailleurs. On se dit à ce soir comme si de rien n'était, comme si on était devant la porte de notre maison et que lui partait vers le métro pour aller s'enfermer dans une salle de montage, et moi prendre l'air à vélo pour retrouver les bancs de l'université. Et c'est en fait ce que nous faisons.

Mon il-lusion

Je prends un Vélib'. Je traverse Paris par un nouveau chemin, du nord-ouest au sud-est, à contresens de Bourvil et Gabin, transportant silencieusement non pas un jambon mais peut-être un futur humain. Je fais attention aux pavés et aux nids-de-poule de peur de brouiller la mixture qui se prépare en moi. Je n'aurais pas dû prendre le vélo, une secousse et tout pourrait tomber, mais j'avais déjà mes gants et mon écharpe, alors, je conduis comme sur des œufs.

Quatorze jours à tenir avant de savoir si cette intervention non divine aura fonctionné. En même temps, depuis trois ans, tous les mois, j'attends deux semaines, parfois un peu plus si mon corps me joue des tours, pour voir le sang s'écouler d'entre mes jambes et penser que dans ces grumeaux rouges que j'observe, il y a peut-être un fœtus mort.

Je suis toujours en retard. Programmée pour arriver dix minutes après. Depuis toute petite, le chemin de l'école est pour moi une quête effrénée pour trouver une nouvelle excuse à ce don naturel d'arriver quand tout a déjà commencé. Je déteste être à l'heure et me débecte moi-même quand, par malheur, je suis en avance. Quelle perte de temps ! Mais, dix minutes après le début, quel délice ! Si on parvient à se faufiler, avec un sourire gêné et une démarche soumise, à s'asseoir discrètement où on peut, on arrive dans l'action. On a évité la mise au calme, la reprise d'où on en était, le plan de ce qui va suivre. Pendant qu'on retire son manteau, il suffit de jeter un œil sur la feuille de son voisin, jamais le même, pour noter le titre, et on a gagné ces dix minutes d'avant, voire vingt, sur la vie. Quand on est en retard, on joue contre la mort pour remonter le temps, sautant sur les aiguilles du métronome pour vivre un peu plus que ces humains ponctuels. Les retardataires sont simplement des êtres en avance sur leur temps dans un monde trop lent pour eux.

En garant mon vélo, je regarde l'heure et me félicite de cette ponctualité des dix minutes de retard alors que je ne l'ai même pas fait exprès.

À l'université, plus besoin d'excuses, même si là, j'en ai une bonne. Je suis en deuxième année de licence de langues. J'apprends le bulgare pour ma thèse, et surtout pour moi. Le bulgare, quelle drôle d'idée ! Une thèse en anthropologie, quelle drôle d'idée ! Alors qu'en plus, je travaille, et que je suis à l'étranger six mois par an, quelle drôle d'idée !

Je prends les escaliers que je monte deux par deux par automatisme. Quatre étages. Décidément, je fais presque exprès de jouer avec mon corps. Il y a pourtant des ascenseurs, mais d'une telle lenteur qu'on finit à être vraiment en retard sur le retard prévu, après avoir attendu avec des inconnus venus apprendre eux aussi des langues familièrement inconnues. J'évite tant que je peux les autres continents pour venir me perdre vingt heures durant dans ma si chère péninsule balkanique.

Au bout d'un couloir qui sent encore le neuf et la peinture, où les classes sont encore vierges de graffitis, je retrouve ma famille bulgare. Une famille de langues cassées partie à la recherche du verbe et qui y a trouvé une parole. Mais ça, c'est un peu ce que je suis en train d'analyser en ce moment pour ma thèse.

De toute ma vie de vieille étudiante, jamais je n'avais pensé trouver une classe pareille. Je les regarde à travers la porte vitrée comme un énorme œil de Judas carré. Je souris. Je suis contente de retourner dans mon cocon fabriqué de toute pièce. Nous sommes neuf, enfin pas encore, puisque l'autre doctorante arrive toujours après moi, une autre belle retardataire. Elle arrive les cheveux encore mouillés, comme si elle sortait à l'instant de la douche alors qu'elle habite à quarante minutes de notre petit repère. Ses longs cheveux noirs, ondulés, doivent laisser des traces, de son studio jusqu'au métro, et là, debout et immobile dans le wagon en mouvement, elle doit inonder les sous-sols de Paris, reconstituant une mer Noire souterraine de sa magie capillaire bulgare. Ma méduse ne calme sa tempête et ne s'assèche qu'en fin de journée pour recommencer inlassablement son odyssée capillaire.

Mes camarades, comme on aurait dit il y a quelques années dans le plus fidèle satellite de l'Union soviétique. Ça va faire un an et demi qu'on se connaît maintenant, pourtant j'ai hâte tous les matins de les découvrir un peu plus. Comme une troupe de théâtre amateur, il y a de tout dans ces chercheurs maladroits de bulgare.

De dix-huit à soixante-quinze ans, enfin le plus jeune fait vraiment tache dans ce groupe mature, ils sont des blessés de la vie en mal de langue ou d'amour, ou les deux. Des étudiants en retraite ou des retraités étudiant, on ne sait pas trop quoi ni même trop pourquoi, des handicapés linguistiques perdus au milieu de professeurs bulgares et français se prêtant à leurs délires d'explorateurs d'un passé silencieux ; et moi, une espionne de l'intérieur qui m'autoanalyse en analysant les autres.

Bientôt deux ans que, en tant que thésarde, je fais de cette classe de bulgare, à quelques encablures du quartier chinois, mon terrain anthropologique. Moi, l'aventurière, ingénieure du son qui n'ai suivi que mon rêve depuis mes sept ans de voyager et devenir presque reporter-photographe en Afrique du Sud, je me retrouve à faire un terrain de proximité à vingt minutes à vélo de chez moi, trente-cinq en métro et, pire encore, quinze en voiture quand je ne suis pas motivée. Au lieu de me perdre dans une forêt primaire de l'Irian Jaya à récolter la parole des Korowai, je me retrouve à arracher les silences et non-dits du seul pays sur terre où je n'ai jamais mis les pieds : la Bulgarie.

Ah, la Bulgarie ! Mon sujet de thèse est : *La migration des silences (Bulgarie-France) de la mise en récit du non-dit de l'histoire communiste à son impossible transmission familiale*. Ou comment, dans les familles dont un membre est issu de la migration de la Bulgarie communiste, se transmettent les silences et les non-dits dans les histoires de parcours de vie.

Plutôt que de partir loin, je me suis aventurée dans les méandres de mes problèmes existentiels pour essayer de comprendre pourquoi mon père, né en Bulgarie juste après la Seconde Guerre mondiale, et ayant quitté sa terre natale pour l'Ouest et Elvis, nous avait toujours interdit à mon frère, ma mère, française, et moi, d'aller dans son pays natal. Pourquoi il ne nous a jamais parlé sa langue que son accent trahit à chaque seconde, me donnant pourtant le nom de la ville qu'il a quittée. Pourquoi il ne faut pas donner foi aux histoires des autres, qui ne sont que mensonges et propagande, mais croire en ses histoires de jeunesse, débordantes de sorcières et de magie, qu'il nous ressasse sans cesse, et nous impose comme seule vérité incontestable.

Bref, dans les récits de famille, au-delà des mots et des paroles, se transmettent aussi des silences et des non-dits, et la seconde génération dont je suis, pense n'avoir rien à perdre à les mettre en mots, ni même à les crier haut et fort… enfin, parfois, et pas trop haut, ni trop fort quand même. J'essaye juste de comprendre mon père, pour pouvoir le sauver, comme toutes les petites filles, sans doute.

Mais ce terrain personnel, proche, viscéral n'est pas sans danger. À la place des sangsues dévoreuses d'hémoglobine, j'ai développé une urticaire de stress le jour même où j'ai essayé de mettre des mots sur mon silence familial. J'ai commencé à me gratter, à m'écorcher. Je n'ai pas fait tout de suite le rapprochement, il m'a fallu même des mois pour relier mes démangeaisons à mon sujet. Je me réfugiais alors chez mon dealer légal, qu'on nomme aussi allergologue, dès que les doses vitales sur ordonnances ne suffisaient plus à combler mon manque. Je suis devenue accro aux antihistaminiques que j'avale dès que je pense à ma peau ou mes ongles.

Je me gratte partout et tout le temps, à m'arracher des bouts de chair, à griffer la nuit jusqu'au sang mon corps pour le punir, et me punir de dire à la place de ceux qui veulent taire. Je suis la traîtresse de la famille, celle qui ne respecte pas l'omerta, pire, celle qui pourrait divulguer aux agents secrets du bloc communiste, toujours en service, les dernières informations sur nous, encore inconnues, malgré les micros et les écoutes permanentes depuis ma naissance.

Mais peut-être que je suis un peu parano moi aussi, héritière d'un talent familial conspirationniste transmis de père en fille.

Cette urticaire qui me fait me mutiler n'est pas sans stigmates. En plus de cicatrices et de croûtes, je fais du dermographisme. Au moindre effleurement d'ongles fourbes et maladroits, je me mets à gonfler, laissant des lacérations comme après une bataille à main nue avec un tigre du Bengale. Je ne peux même pas cacher mes attaques au monde extérieur, mes maladresses et mon mal-être s'affichent partout. Et si, par hasard, en remettant mes cheveux en place je touche mon visage, une boursoufflure déforme l'endroit exact du passage de mon doigt assassin.

Et j'aime jouer de cette particularité cutanée en écrivant, pour impressionner les spectateurs de mon cirque humain, le prénom du courageux qui va déformer mon épiderme de son appellation. Il suffit de passer doucement son ongle sur mon avant-bras, dos ou ventre, peu importe, pour qu'apparaisse comme par magie une œuvre scripturale sur la toile éphémère de mon corps. D'abord, on entrevoit les lettres rougir une à une, puis émerge un œdème blanchâtre entourant le trait continu de scarification. Je suis un bas-relief que les autres aiment à photographier en souvenir.

Une bête de foire, voilà à quoi ma thèse et mon travail m'ont réduite. Et c'est pour ça que je suis si bien avec mes éclopés bulgares, nous sommes tous des monstres, qui nous reconnaissons, par les traces invisibles que ce passé, qui n'est même pas le nôtre, a laissé sur nous.

Un monstre qui tente en plus de se reproduire. Ne pas penser à ce matin. Et pourtant si. À l'instant où on est en train de parler recettes de cuisine et de *giuvetch* en plein cours de compréhension et d'expression orale bulgare, un corps étranger est peut-être déjà en moi, un alien, un autre monstre. Ça veut dire que j'ai neuf mois pour clarifier ma vie, ma tête, mon corps, pour offrir non pas ce merdier que je suis, mais un avenir digne de moi à ma survivance.

Le cours est déjà fini depuis longtemps mais tout le monde reste un peu pour les variations de ce ragout mijoté dans un plat en terre cuite de la Thrace antique. Le goût bulgare, l'unique lien entre ceux qui se sentent Bulgares. Plus que la langue, l'histoire, la géographie, la cuisine est le vrai ciment identitaire. Si on aime manger la cuisine de ce pays inconnu, qui n'a même pas de restaurant à Paris, c'est qu'on est Bulgare. Si on aime la *tchoubritsa*, la *chopska*, le *sirene*, les *kiufteta*, la *liutenitsa* et surtout la *banitsa*, c'est qu'on a bien ce goût bulgare. On peut alors être les dignes et fiers héritiers de la seule culture au monde qui voyage et se transmet uniquement de papille en papille.

Je note la recette, mais la semaine prochaine, c'est notre camarade prof de maths qui nous fera goûter sa *banitsa*. Ces cours sont vraiment n'importe quoi mais heureusement qu'ils existent pour nous rappeler que nous existons, nous aussi.

Je suis encore à vélo. Je rentre à la maison avec un cours à apprendre sur les Balkans sous l'Empire ottoman, une recette dont je ne ferai rien car je ne prépare que celles de mon père, et peut-être un ovule fécondé qui se déplace lentement sur ma trompe.

Ça fait du bien d'être enfin au chaud. Il est quinze heures. Je n'ai pas mangé. Exprès. Je fais un énième régime pour arriver à mon poids rêvé : cinquante-cinq kilos. J'ai trois kilos de trop, enfin à la virgule près, je tourne dans les cinquante-neuf et fais tout pour ne jamais revoir le six en premier sur la balance. Je ne suis pas grosse, presque bien, mais là, je suis motivée à descendre de ce fameux palier qui me fait des poignées d'amour à l'encolure du jean. Si je suis enceinte, il faut que je commence ma grossesse quelques kilos plus bas pour gagner au moins trois mois sur la courbe de poids exponentielle de la femme créatrice.

Je croque une pomme et un morceau de baguette que je n'avais pas fini ce matin et m'affale dans le canapé pour me lobotomiser devant une bêtise télévisée de l'après-midi et ne penser à rien. Je tombe sur la fin de *Rosemary's Baby*, ça me dispense d'une télé-réalité débile, mais ne m'évite pas d'imaginer, devant cette femme apeurée sur le point d'accoucher d'un monstre, que tout est en train de bouger en moi et que l'acte non sexuel de ce matin peut changer et figer ma vie à jamais.

Le trognon de pomme collé à mon pouce et mon index change déjà de couleur pour rouiller aux endroits de mes morsures. Ce cadavre biblique m'embête et pourtant je ne me lève pas, je reste avec cette ordure qui commence à sentir le pourri sucré, les yeux rivés sur l'écran.

Mon téléphone vibre à côté de moi. Je le sens, je me résous à répondre à ma mère qui a dû composer ce numéro au moins cent fois depuis ce matin, avant d'enfin se décider à lancer l'appel pour venir aux nouvelles comme une journaliste à potins.

Je laisse sonner un peu pour faire croire que je suis occupée, avant de lui dire les mêmes mots, toujours. «Ouiii comment ça va? Ça va bien et toi». Elle n'ose pas me demander tout de suite comment s'est passée ma matinée, et pourtant c'est bien la raison de son appel. C'est à cause d'elle que j'ai dû faire ça. C'est héréditaire. Mais à l'époque on n'avait pas mis de mots sur son mal d'enfant à elle. J'ai toujours entendu qu'ils avaient mis cinq ans à m'avoir, alors pour moi, c'est normal de devoir attendre. J'ai même deux ans d'avance par rapport à la programmation familiale, et même quatre si je remonte à ma grand-mère.

C'est elle qui commence à me raconter sa journée. Les courriers, les courses, le déjeuner, mon père et après seulement elle me demande innocemment «et toi?» Alors je lui raconte, en regardant Rosemary s'approcher du berceau un couteau à la main, que ça s'est bien passé et qu'il faut attendre quatorze jours. Je ne suis pas concentrée, ni sur la conversation, ni sur le film, ni sur la pomme en décomposition. Pour changer de sujet et d'ambiance, je prends la discussion en main et lui dis que je vais enfin aller voir les tapissiers à côté de chez moi pour ses fauteuils.

Ça fait des mois qu'elle m'en parle tous les jours, qu'elle m'envoie des messages pour me le rappeler, avec les adresses des tapissiers et les photos de ses fauteuils stockées par dizaines sur mon téléphone, toujours les mêmes, deux fauteuils bizarres qui trônent dans l'entrée, chez mes parents. Style Empire, je pense, peut-être à cause de la soie rouge élimée et du bois sculpté. Enfin, ce sont deux petits fauteuils que ma mère avait trouvés dans une brocante et qu'elle veut restaurer depuis le premier jour. Le problème, c'est qu'elle habite dans le 16e et que tous les tapissiers, comme tous les commerçants, multiplient les prix par trois, par cinq ou n'importe quel impair, dès qu'elle donne son adresse. Alors, elle a mis en place une stratégie, un stratagème même. Elle a trouvé deux tapissiers près de chez moi, en banlieue comme dit mon père comme s'il s'agissait d'un autre pays, et je dois y aller pour faire croire que ce sont mes fauteuils. Elle a déjà le tissu, huit mètres, qu'elle a acheté sur les conseils d'un artisan trop cher aussi, qui tentait encore une fois de l'arnaquer. Mais elle connaît le prix des choses. Et c'est pourquoi je me retrouve à devoir jouer la cliente aux fauteuils Empire dans deux ateliers repérés par ses soins.

Ça fait des semaines que je déplace de page en page sur mon agenda les mots «fauteuils maman», inscrits dans ma liste de choses à faire que je ne fais jamais.

Mais là, pour couper court à l'interrogatoire masqué sur ma gynécologie, je joue la carte Bonne Action. Elle est enchantée, et me répète bien tout ce que je dois faire : qu'on a le tissu, qu'il faut sûrement refaire l'assise, regarder si ce sont de bons tapissiers, comparer les deux et trouver le meilleur, me présenter comme une voisine, ne pas donner mon nom bulgare qui pourrait sonner russe ou au moins étranger, mais mon nom de femme mariée qui a certes des sonorités italiennes mais qui est français. Heureusement que j'ai fait huit ans de théâtre.

Je me lève enfin pour jeter ma pomme et me laver les mains tout en l'écoutant m'exposer ses dernières tactiques. Je dois l'appeler après pour tout lui raconter. Bref, on est passé à autre chose.

Je remets mon manteau, mes chaussures et je repars dans le froid, dans l'action.

J'ai les adresses, je tape la première sur mon téléphone. Elle est à deux-cent-cinquante mètres. Au bout de ma rue sur la gauche. Imbattable. Je n'avais jamais remarqué qu'il y avait un tapissier là-bas. En même temps je passe rarement par ce côté de la rue. Je garde l'autre adresse qui, elle, est à plus d'un kilomètre, au cas où cette première trouvaille de ma mère serait aussi désuète que ses pages blanches.

Ne pas penser à ce matin, faire ma bonne fille et être dans le mouvement, la vie.

Je bifurque à gauche, si je me retourne je verrai ma maison. Je marche encore quelques mètres, je me retrouve devant une agence comptable fermée. Insultant les bons plans maternels, je reprends mon téléphone boussole qui m'indique que je ne suis qu'à dix mètres de mon but. J'ai l'air perdue comme une touriste qui cherche la tour Eiffel sur le Champ-de-Mars. J'arrive devant une boutique dans laquelle s'amoncellent des carcasses de chaises, fauteuils et canapés, d'autres mieux rangés font un peu moins carcasses, d'autres encore sont réparés, finis, jolis, exposés en vitrine. J'ai trouvé. La boutique est toute petite, très fouillis et à première vue il n'y a personne. Je colle mon front sur la porte vitrée pour réaliser qu'elle est ouverte et surtout que depuis tout ce temps où j'espionnais maladroitement l'intérieur, j'étais observée moi aussi. Je pousse la porte qui frotte contre le paillasson et une sonnerie grinçante annonce mon passage dans ce lieu hors du temps de cet artisanat presque oublié.

Il est là, à son bureau, derrière son ordinateur, sur sa chaise que je devine toute cabossée. Il me regarde amusé et silencieux comme s'il n'avait pas vu que je l'avais vu. Je continue à pousser cette porte décidément trop basse pour ce tapis trop épais. Je suis gênée par ma maladresse mais je sais que je suis charmante quand je me bats contre les objets et les éléments. Tout en essayant maintenant de refermer cette maudite porte, je commence à parler pour lui faire comprendre que je sais que je ne suis pas seule dans cette pièce qui sent terriblement bon le lin, le crin végétal et le cuir.

Il est beau, très beau, encore plus beau. Pour moi un homme est moche, ou du moins la beauté masculine ne me touche pas. J'aime physiquement l'allure, l'élégance, le caractère, le charme, les défauts, les erreurs, mais jamais je n'ai été attirée par la beauté mâle. J'ai toujours défini la beauté comme féminine et un homme qu'on dirait beau est donc une femme à mes yeux. Mais là, il est beau en plus de tout le reste, et ça me gêne. Il a les cheveux gris, blanc même. Une barbe de sept jours, un nez fin, une bouche pulpeuse, un petit grain de beauté coincé entre l'ourlet de ses lèvres et la naissance de sa moustache, les iris cerclés et dorés. Il semble grand, fort, et il doit sentir le lin, le crin végétal et le cuir. Je n'ai jamais vu un homme aussi beau selon mes critères farfelus. Il en est inhumain, irréel. Il ne parle toujours pas. Il sourit à ma gêne et aux paroles qui sortent de moi et ne signifient presque rien si on ne se trouve pas dans ma tête. Je bafouille mon texte, les mots qu'il faut :

fauteuils, deux, abimés, réparés, tissus, voisine, à côté, jamais vu la boutique. Sa première phrase fut : « Pourtant nous sommes là depuis soixante-et-onze. »

Quel âge peut-il bien avoir ? L'âge n'est pas un problème pour moi, bien au contraire. Je n'ai eu de relations qu'avec des personnes beaucoup plus âgées que moi. Petite, mes idoles avaient toutes un pied dans la tombe ou étaient déjà mortes. Il y a treize ans, quand j'ai présenté mon futur mari à ma mère, elle a doucement dit que là j'avais fait très fort pour ne pas dire très vieux. Vingt ans, mon record. Dans la famille, d'ailleurs, toutes les femmes sont avec des hommes plus âgés, ne serait-ce que ma mère, onze ans d'écart, et ma tante trente-cinq, indétrônable.

Mais lui, avec ses cheveux blancs et sa boutique désuète, il fait tellement jeune, presque mon âge, à peine une dizaine d'années de plus. Un enfant à mes yeux de Lolita sur le tard.

Malgré mon manque de clarté, il a dû comprendre ce que je venais faire là. Il me demande si j'ai des photos. Bien sûr j'en ai plein, mais prises chez leurs anciens propriétaires. Je m'impressionne de cette spontanéité plutôt habile à maquiller mon crime d'usurpation pour qu'il ne croie surtout pas que j'ai du marbre au sol chez moi. Il me demande mon nom, me donne son mail pour que je lui transfère les photos. Je donne mon nom franco-corsico-italien, mon prénom aussi, presque ma date de naissance et tous mes secrets. J'ai toujours eu peur d'un interrogatoire de police. Je pense que je raconterais tout de ma vie, et encore plus à des assaillants en temps de guerre. Une Shéhérazade qui ne donnerait pas des histoires pour s'en sortir mais une abondance de faits trop personnels et précis pour embrouiller la tête de son ennemi. Je tape son mail donc son nom, qui semble italien lui aussi.

Et là, en une seconde, je suis démasquée. Je me retrouve devant son étonnement à devoir justifier de trois identités différentes. Je suis à découvert, à nue alors qu'il prononce le nom ridicule de mon mail et tente d'articuler mon imprononçable nom bulgare qui s'affiche comme destinataire. Je lui dis tout. Que mon adresse mail vient de ma période adolescente et que des amis espagnols m'avait surnommée *loca*, « la folle », que mon père est Bulgare, d'où ce nom très bizarre accolé à mon prénom. Je suis devenue un agent triple, voire quadruple, franco-italo-hispano-communiste. Je serre la mâchoire mais aucun cyanure ne vient mettre fin à ma schizophrénie identitaire. Pour équilibrer la situation, je lui demande à mon tour s'il est d'origine italienne. Il m'achève par des mots d'une cruauté ignoble : « Qu'est-ce que ça peut vous faire ? » Je le déteste, je hais cet homme sans identité et au si beau visage. Il sourit un peu plus de sa victoire sur ma santé mentale et sur mon désarroi. Il reprend, comme pour s'excuser de mon manque d'humour et de second degré « Serbe, je suis Serbe, dit-il avec un accent titi parisien, je vous envoie le devis dans l'heure. » C'est ainsi qu'il referme notre première discussion m'invitant du regard à quitter son antre surnaturel. Il me relâche, je suis libre de sortir de cette situation absurde.

Je lui dis à bientôt par politesse mais je pense à jamais. Je tente de maitriser l'ouverture et la fermeture de la porte pour disparaître sans me retourner dans le brouhaha de la vie qui reprend, enfin.

Je me retrouve sur cette départementale où circulent plus de poids lourds que de pieds légers. Je ne veux pas rentrer chez moi tout de suite. Quitte à être où je suis en ce moment, autant me perdre un peu plus et faire le tour du pâté de maison pour acheter une baguette pour le dîner. Je dirai à ma mère que je suis allée aux deux adresses et que l'une des boutiques était fermée mais que l'autre me semblait très bien.

Serbe. Je n'aurai jamais deviné. Italien, Portugais ou même espagnol, mais rien dans son nom ne sonne de l'Est, encore moins Serbe qui se finit principalement par « ić ». Serbe. J'ai toujours fantasmé d'être Serbe. Par manque de culture bulgare autour de moi, j'ai assimilé la Serbie à la Bulgarie. J'ai grandi avec Kusturica, Bregović. *Underground* a été, à quatorze ans, mon premier vrai coup de foudre cinématographique. J'ai pris le film au milieu, c'est ce que je préfère encore aujourd'hui, me faire surprendre et happer par un film en cours, et mes yeux n'ont pas cligné jusqu'à l'épilogue où la terre se déchire sur ce pays qui n'existe plus non plus, la Yougoslavie, tout comme la Bulgarie de mon père n'existe plus. Je pleurais tellement que je ne voyais pas le générique défiler jusqu'à ce que le film recommence du début, je l'ai regardé encore et encore jusqu'au petit matin. Ma famille paternelle fantasmée venait de s'incarner dans ces personnages exubérants, presque felliniens.

C'est pour moi presque la même musique, la même culture, la même nostalgie, la même langue qui sonnent à mes oreilles de profane. Des cousins presque germains, n'ayant juste plus la même histoire depuis si peu. Même mon père souvent se fait passer pour un Serbe. Quand il ne renie pas entièrement les Balkans pour s'imaginer Italien, il se dit «le Serbe» pour impressionner un peu plus – Une baguette pas trop cuite, s'il vous plaît. Je ne sais pas pourquoi je sors cette phrase toute faite puisque à chaque fois elle m'apporte la première baguette qui tombe sous sa main farineuse. Je lui dis merci comme si je la gratifiais de la réussite de son choix kafkaïen, et paye avec des petites pièces pour ne pas avoir à reprendre la monnaie qui encombrerait encore plus mon portefeuille débordant de ferraille, inutile, sauf pour le pain justement. Un cercle vicieux. La prochaine fois je lui demanderai ce qu'il pense des silences et non-dits et des histoires de famille.

Il fait déjà nuit quand je rentre chez moi. Je regarde mon téléphone. Pas de mail. Je vais quand même regarder dans les spams. Il est là, le devis qui devait arriver dans l'heure, arrivé il y a une minute, et déjà glissé entre «une activité inhabituelle sur votre compte» et «un spécialiste de l'assurance». Je le range dans le courrier désirable et le transmets à ma mère que j'appelle aussitôt pour qu'elle apprécie mon efficacité à l'œuvre. Elle est impressionnée, presque incrédule, et encore plus par le tarif. Deux fois moins que les autres tapissiers contactés auparavant. Est-ce que c'est un bon tapissier? Tu as observé son travail? Oui, il me semble très bien. Elle me demande de lui répondre que c'est d'accord, quand je peux les déposer et quand ce sera prêt. Je m'exécute, renvoie un message d'acceptation, remarque qu'il s'est trompé dans l'orthographe de mon prénom sur le devis et qu'il me prend pour une capitale, rajoute toutes les questions du déroulement de l'affaire, suivi d'un «Bien à vous» et signe par mon vrai prénom sans rien après.

Au moment où je l'envoie, la porte d'entrée s'ouvre. Il a fini sa journée, et moi, je suis encore en manteau, ma baguette sous le bras, à la parisienne. Il me sourit, retire son bonnet et son manteau avant moi et commence à parler de sa journée, de son montage, de lui, et moi, je l'écoute. Il ne posera pas une question sur moi, il ne saura rien sur ma journée. Je n'existe pour lui qu'à partir du moment où il me voit, où il m'intègre à son monde.

Je prépare le dîner, on dîne, on regarde un film et on va se coucher, comme si de rien n'était, comme si rien ne s'était passé, comme si rien n'avait changé aujourd'hui.

On ne fait pas l'amour ce soir-là, on le fera sûrement demain matin. Il s'endort alors que la télé est encore allumée. Quand je commence à l'entendre ronfler, je me penche sur lui pour éteindre la lampe qui se trouve de son côté, et me dépêche de le rejoindre dans les songes avant que ses grognements ne s'amplifient et finissent par m'obnubiler.

Je dors toujours, mais là, je ne dors pas. Je ne dormirai pas. Les mots et les images au lieu de me bercer vers l'inconscience claquent dans ma tête comme dans mon cœur, qui bat trop vite.

Nue, allongée, écartée, silence, regardée, doigtée, inséminée, froid, blouse, noisettes, mauresque, tête de Maure, mort, sperme, ovule, pipette, fécondation, pavé, vélo, bulgare, *banitsa*, pomme, Rosemary, maman, fauteuil, atelier, lin, crin végétal, fouillis, apparition, bouche, blanc, gris, iris, barbe, parfum, incrustant, cheveux, main, doigt, énervant, insolent, Serbe, voisin, nue, allongée, écartée, silence, regardée, doigtée…

Mon il-licite

Je me sens un peu nauséeuse, seule dans ma voiture toute neuve. Je reviens de chez mes parents, je transporte à l'arrière les deux fauteuils et l'imposant rouleau de tissu qui repose maladroitement du pare-brise à la plage arrière. Ma première expédition avec mon presque 4x4 familial qui sent encore le cuir neuf, odeur qui m'a fait vomir toute mon enfance. C'est un cadeau de mes parents, une super affaire, comme mon père pense souvent en faire. J'ai tout choisi, toutes les options, tous les détails.

Depuis l'obtention de mon permis, je me trimbalais dans ma petite Mini. Une autre très bonne affaire selon mon père. Je l'adore, elle aussi. J'ai tout fait avec elle, je suis allée partout avec elle. Elle n'a que quelques éraflures qui font son charme et un poc à la portière gauche que je dois faire débosseler depuis le premier mois. Elle a du caractère. Je lui parle, lui prête des émotions.

Et depuis peu, je lui suis infidèle, mais je n'arrive pas à savoir si elle s'en doute déjà.

Je me suis enfin résolue à écouter les conseils auto paternels, lui qui pense qu'il faut changer de voiture tous les trois ans. Après une dizaine d'années d'échec, il est revenu à la charge, plus persuasif que jamais. Écoute, ce n'est plus possible, il faut que tu changes de voiture, à ton âge ! Je te verrais bien avec un petit coupé rouge décapotable. Moi, qui étais déjà gênée de conduire ma mignonne Mini craignant que ça fasse trop, qui la reniais prétendant que je l'avais subtilisée à ma mère, que je l'empruntais souvent à des amis de mes parents, me voilà au volant d'une italienne avec gants de cuir assortis au volant, foulard flottant sur la tête et lunettes de soleil pour m'éviter les regards des conducteurs de voitures du peuple, ou pire des piétons, encore plus pauvres, et sans voitures, scandalisés car me prenant pour une pute au service exclusif d'un prince saoudien ou oligarque russe. C'est donc comme ça que mon père m'imagine à la fleur de l'âge et de la réussite.

Pour tempérer ses délires, comme une fille facile, j'accepte le cadeau, mais capricieuse, je veux une grande voiture pour ma future famille nombreuse : un enfant, un mari et deux beaux enfants. Il ne faut pas non plus qu'elle fasse 4x4, qu'elle soit trop grosse, trop voyante ou trop haute, pas trop. Je trouve le compromis parfait, une voiture qu'on ne remarque pas, mais spacieuse à l'intérieur pour les enfants, dotée d'un grand coffre pour les voyages. Je choisis la couleur, blanche, pour faire joyeux. Je cède sur l'intérieur en cuir rouge, comme une voiture de course, opte pour le modèle sport pour lui faire encore plus plaisir. Essence évidemment. On la commande en Allemagne, un énième bon plan de mon père, et je l'ai reçu le mois dernier, comme un énorme cadeau de Noël sur quelques années. Je n'ai pas encore vraiment l'habitude de la conduire, alors je fais attention pour reculer l'échéance de la première égratignure.

Il faut que je prenne en main ce nouveau gabarit légèrement plus imposant que ma petite voiture abandonnée. En plus, j'ai bu. Aussi j'ai presque l'air coupable quand je m'insère sur le périphérique.

On boit toujours chez mes parents, c'est notre petit rituel. Même avec un sandwich ou une salade, on ouvre une bouteille de rouge. Je suis quasiment arrivée à l'improviste ce midi et c'est mon père qui prépare une *mich mach*, une omelette bulgare avec en plus feta, tomates, poivrons, oignons, paprika, *tchoubritsa*, délicieux. Accompagnement : une bouteille de vin.

Au réveil, ma mère m'appelle pour savoir si j'ai une réponse du tapissier. Non pas encore. C'est pas grave, viens déjà mettre les fauteuils dans ta voiture, comme ça tu les déposes aujourd'hui, on gagne du temps et toi ça te libère, viens déjeuner aussi.

Perdu dans le bourdonnement de sa télé bulgare allumée en continue, mon père cuisine. Il est debout, en chemise, caleçon et chaussettes, il fixe la poêle mijotant ce fameux goût bulgare pour s'évader dans ses souvenirs. Il me raconte cette fois ses exploits quand il était petit et qu'il partait pêcher dans les rivières de montagne entourant la capitale de sa Bulgarie fantasmée. C'était le plus jeune de sa bande de copains, il n'avait même pas dix ans et il partait dormir à la belle étoile près de ruines romaines abandonnées depuis des milliers d'année de la Via Militaris, fameuse route reliant l'Orient à l'Occident. Cet endroit désert était pourtant peuplé, surpeuplé même, de bêtes diaboliques, de serpents monstrueux.

Avant de s'endormir au milieu des pierres, il fallait respecter certaines règles pour ne pas finir dévoré par les reptiles : pas de laitage pendant une semaine au moins, puisque les bêtes rampantes sont assoiffées de lait et de sang chaud. Une légende raconte même qu'un paysan vit une fois un serpent se dresser à la verticale pour s'accrocher au pis d'une vache et téter le lait immaculé. Il fallait aussi bien se frotter d'ail le corps entier et mettre des gousses dans tous les orifices. C'est bien connu, l'ail repousse les animaux à crocs comme les vampires, les chauves-souris ou les serpents.

Allongé, serré contre ses amis, mon père passait la nuit à ne pas dormir pour tenter de rester immobile, et laisser les serpents grouiller librement sur son corps pétrifié de petit garçon qui ne souhaitait que voir le jour se lever pour sortir de cet enfer et retrouver sa ville, son lit, sa famille.

Cette histoire, je l'ai entendue des centaines de fois, des milliers de fois, mais je fais comme si je ne la connaissais pas, et lui comme s'il ne me l'avait jamais racontée. On y croit ensemble à ses histoires, parce que c'est ce qui nous uni, elles sont le ciment de notre famille, la seule chose qu'il peut nous transmettre avec sa cuisine, lui, qui est parti de là-bas sans rien, même pas une photo.

Il est bloqué dans la nostalgie d'un pays qu'il a quitté pour toujours et qui le hante continuellement. Comme la chaîne de télé bulgare qu'il a réussi à trouver au fin fond d'un bouquet satellite et qui tourne en boucle dans la maison, un arrière fond d'une langue que je ne comprends pas et qui me nargue chaque fois que je viens les voir.

Aujourd'hui je n'ai qu'un séminaire à la Sorbonne en fin d'après-midi, mais ça, ma mère l'a déjà intégré dans son horloge interne, comme tout mon planning de la semaine d'ailleurs. J'ai beau avoir trente-trois ans demain, un métier, un mari, être six mois par an à l'étranger, je passe tous les jours chez mes parents. Pour déjeuner, chercher le courrier, faire les courses dans leur quartier ou parce que c'est sur mon chemin.

Et quand on ne se voit pas, on s'appelle. Ce n'est pas un coup de téléphone avec un but précis ou une information à communiquer. Non. Ce sont des appels continus, au moins cinq par jours, parfois dix, parfois plus. Même en tournage à l'étranger, tous les jours, je l'appelle, elle, qui centralise toutes les écoutes familiales, pour lui raconter ma journée particulière dans un univers hors de sa réalité. Pour partager ce que je vis et me sentir moins seule dans cette bulle d'expatriés par intermittence.

Mon frère aussi, qui habite New York, n'échappe pas à cette routine téléphonique, ou obsession plutôt, pour venir aux nouvelles à la même heure peu importe le décalage et les fuseaux, alors qu'il vient juste de se réveiller de l'autre côté de l'Atlantique et ne peut qu'écouter passivement le récit de la journée des autres, lui qui n'a pas encore commencé la sienne.

T'es sûre que tu ne veux pas que je t'accompagne ? Non ça va, ils sont légers et après je dois aller à mon séminaire. Elle sait bien que plusieurs heures se passeront jusqu'à cet événement, mais elle fait comme si je disais la vérité. Et quand tu le verras, tu demanderas aussi pour notre tête de lit, elle est toute abimée, surtout du côté de ton père, je verrais bien du cuir grainé à la place, je vais prendre les côtes et faire des photos, et tu peux en profiter aussi pour faire les rideaux de ton salon, on a acheté le tissu, il y a presque deux ans, c'est le moment. Oui, je lui demanderai tout ça. Mais pour l'instant il n'a toujours pas confirmé qu'on pouvait déposer les fauteuils.

Et demain, tu veux faire quoi pour ton anniversaire ? Je n'aime pas les anniversaires, surtout pas le mien. Je fête ça le moins possible, en famille, et comme j'ai une toute petite famille, en tout petit comité. Je le fête quand même pour que ce ne soit pas trop triste, mais le minimum pour que ce ne soit pas trop triste non plus. J'ai toujours eu peur des anniversaires, pire, des surprises, où toutes les personnes que je connais, que j'aime, seraient réunis dans la même pièce. Je trouve qu'ils ne vont pas du tout ensemble. Je transpire à l'idée qu'ils se parlent, qu'ils ne s'entendent pas ou qu'ils s'entendent. Et si on restait ici ? Papa tu peux me faire les boulettes bulgares et ta salade ? Et en dessert un gâteau au chocolat, ce sera parfait.

C'est donc comme ça que je fêterai ma venue au monde. Trente-trois ans, l'âge du Christ, enfin à sa mort, et je ne sais même pas si mon corps est en train d'accomplir un miracle ou pas.

Je fais un détour avec ma voiture pour arriver devant la boutique de mon voisin tapissier mutique. J'ai plein de questions à lui poser. Par rapport à ma thèse, comme à chaque personne que je rencontre en lien avec mon sujet. Quand est-ce que ses parents sont arrivés en France ? Pourquoi ? Le communisme en Yougoslavie ? Est-ce qu'ils en parlent ? Connaît-il son histoire familiale ? Comment ? Depuis quand il a les cheveux blancs ? Je me gare sur une place réservée aux livraisons devant l'atelier.

Là encore, on le dirait fermé. Je pousse la porte, que je commence à bien maîtriser, et me retrouve face à une femme. Je suis un peu surprise, un peu déçue, un peu gênée. Elle me sourit, comme à une future cliente. Bonjour, je suis passée hier pour refaire deux fauteuils, il n'est pas là le tapissier ? Bonjour mademoiselle, non, il est en déplacement chez des clients. Elle articule exagérément comme pour masquer son accent qui ne peut pas me tromper. Elle est Serbe aussi. C'est peut-être sa femme, mais plus vraisemblablement sa mère. Une société familiale depuis soixante-et-onze. Ça me paraît logique. Elle est belle, semble coquette, gentille.

Je lui explique que je suis venue apporter les deux fauteuils et le tissu, un velours rouge, plutôt framboise écrasée, comme des taches léopards sur un fond mordoré. Il est vraiment très joli, bestial, ça va trancher avec le côté ancien de la structure. Elle aussi trouve qu'il est joli, moderne, très chic, très bon choix, Vous avez du goût, mademoiselle. Je la remercie de ce compliment que je vole à ma mère impunément. Elle m'aide à sortir les fauteuils, me vante les mérites du tapissier sans me révéler que c'est son fils. Je lui demande quand ils seront prêts. «Oh, on a des délais d'attente, mais dans une petite quinzaine de jours ce sera bon.» J'imaginais les laisser là pour un mois ou deux, mais ils seront rentrés avant moi du Cambodge, peut-être même avant que je parte.

Elle me raccompagne dehors. Je laisse ma voiture en formule camionnette break, sièges arrière baissés, car je ne sais tout simplement pas comment les remonter, et je n'ai pas envie de me ridiculiser devant toutes les générations de ce commerce.

En garant ma toute jeune voiture à quelques mètres de la boutique, et donc de chez moi, je regarde machinalement mon téléphone. J'avais bien reçu l'accord de l'accord et je pouvais déposer mes fauteuils quand je le désirais à la boutique. Je lui réponds tout de suite :

«Cher monsieur,

Je viens de déposer sans votre accord (car je n'avais pas encore eu votre message) mes deux fauteuils et mon tissu à votre boutique. J'espère qu'ils sont entre de bonnes mains…

Serait-il possible de réaliser un autre devis pour une tête de lit. Voici la photo et les dimensions :

180 cm largeur totale;

81 cm hauteur;

10 cm dimension de l'encadrement ainsi que la profondeur.

Et quel serait le devis pour un rideau aux dimensions d'une fenêtre normale ?

Bien à vous »

Nous sommes lundi, je roule dans ma voiture blanche un peu sale, presque grise par endroit. J'aurais dû y penser avant de choisir cette couleur qui n'en est pas une, qui ne m'abrite pas du tout au regard des autres, au contraire, et encore moins quand elle est sale.

Je l'étrenne. Je vais partout avec, alors que j'adore tous les autres moyens de transport, même Autolib', à en délaisser ma petite Mini sans batterie des mois durant. Maintenant, j'ai deux voitures. Je n'ai pas pu me séparer de ma douce et tendre anglaise naturalisée allemande à trois pédales que je trahis pour me faire la main sur le nouveau membre, lui aussi allemand, mais de souche, de ma famille automobile. En même temps, on voulait me la reprendre pour moins de mille euros. J'étais choquée. Si j'arrachais le cuir pour le revendre au mètre je toucherais plus. Bref, elle dort maintenant dehors, maltraitée par les pigeons, jalouse comme une ainée délaissée à l'arrivée d'un autre enfant. Je roulerai un peu avec elle, bientôt, par amour, par culpabilité.

Mais là, je rode mon nouveau bébé. Des galets sont coincés dans ses portières, son tapis est plein de sable.

Elle est sale en fait. Hier, on est allés passer la journée à la mer, juste un aller-retour pour faire de la route, manger des moules à la crème et du vin blanc. Juste pour la tester à grande vitesse. J'ai conduit à l'aller sous la pluie, lui au retour. Je lui ai donné du plaisir alors qu'il conduisait pour baptiser la voiture. C'était un bon dimanche. Alors que je digérais mes fruits de mer macérant dans le vin et le foutre, il m'a écrit que les fauteuils étaient bientôt prêts avec une photo d'eux, presque terminés, il ne leur manquait plus que le passepoil pour couvrir les agrafes et ils seraient vraiment beaux. Ils le sont déjà.

Je vais retrouver ma meilleure amie pour sa pause de midi, une heure précise, de douze heures quarante-cinq à treize heures quarante-cinq. Avant de partir, j'ai envoyé vite fait le mail rédigé depuis la veille « Hâte de les revoir. Mais je ne savais pas que vous étiez Serbe ascendant Suisse, en ce qui concerne les devis de tête de lit et de rideaux bien sûr… Bien à vous. »

Je me dépêche car je suis partie presque à l'heure d'arrivée. Elle aussi est toujours en retard. Peu importe l'heure du rendez-vous, on y arrive exactement en même temps. Mais le problème avec nos déjeuners, c'est qu'on finit par manger trop vite, nous privant parfois de dessert, ou ne prenant qu'un café pour respecter ses horaires de bureau.

Dans dix jours, je serai partie au Cambodge pour la suite d'un tournage sur la vie d'un lac au fil des saisons. J'ai toujours peu de temps entre deux voyages, mais je tente de déjeuner avec ceux qui comptent pour moi. Je leur fais croire que je suis toujours à côté, à leur disposition, alors qu'il me manque la moitié d'une année.

On se retrouve dans un restaurant bondé. Je suis la première, c'est elle qui paiera l'addition, c'est notre gage pour nous motiver à arriver presqu'à l'heure. On a vingt minutes mais ça suffira pour le plat. On parle vite de tout, de rien. De mon insémination, de sa vie de jeune mariée, d'eux aussi qui ont commencé à essayer. À mon retour, on se fait un dîner tous les quatre.

Nos téléphones sont posés sur la table par mauvaise habitude, comme si nos cerveaux devaient rester connectés en permanence à quelque chose d'autre que l'instant présent. Entre ma bavette, les histoires de sa grand-mère et les cris du serveur dans cette salle trop petite, je prends machinalement mon téléphone pour lire le mail qui vient d'arriver : « Je dévore un Toblerone et je me mets à votre tête de lit. À dieu. »

Je souris. Mon amie le remarque et me demande qui c'est. Personne, enfin si, c'est un devis pour ma mère. Elle y a cru, elle continue son histoire. Je repose mon téléphone face contre table pour lui être entièrement dévouée pendant les cinq minutes qui restent. Il écrit bien, sans fautes d'orthographe ni raccourcis. Je ne vais pas répondre tout de suite, j'attends la fin du déjeuner.

Je ne l'écoute plus vraiment mais je comprends qu'elle doit y aller. On se revoit la semaine prochaine avant ton départ, et tu me dis quand tu as tes résultats. Elle m'embrasse en fermant son manteau, on se reverra le mois prochain. Je me retrouve devant mon gratin dauphinois presque chaud, mais pas très bon, enfin pas comme le mien, ni celui de ma mère, encore moins celui de ma grand-mère, pas comme notre recette familiale transmise de génération en génération alors que nous n'avons aucun rapport avec le Dauphiné. Le serveur débarrasse, je lui demande un café et même la carte des desserts. Je réfléchis à ce que je vais lui répondre. Je retourne mon téléphone. Deux nouveaux messages, du même expéditeur.

« Quant aux rideaux, il n'y a pas le feu au lac, mais il faudra me donner au moins les dimensions de ladite fenêtre. Je n'ai jamais vu une telle imprécision dans le métrage, vous n'êtes pas un horloger suisse, ça, c'est sûr ».

« Vos deux fauteuils sont finis, vous pouvez venir les chercher demain en début d'après-midi. Ils sont très beaux. Même si je reste neutre comme mon pays. *Tschüss* ».

« À dieu. C'est extra. Demain midi, après ma raclette, je prendrai ma luge pour charger mes deux nouvelles belles assises. À tantôt (mais ça, c'est peut-être une expression de mes cousins belges) ».

Nous sommes le lendemain. Nous sommes après ma raclette, qui se compose d'un pavé de saumon et de tagliatelle à la crème. Nous sommes au restaurant à côté de l'endroit où l'on vient de choisir le matériel pour le Cambodge. Il a fini le montage de notre dernière aventure au Brésil, maintenant on est en préparation, en prétournage, on est contents de partir, de retourner sur notre lac à la saison sèche. Au mois de décembre, on avait déjà passé vingt jours sur les pirogues avec des pêcheurs de serpents marins et des éleveurs de crocodiles. On habitait sur une maison flottante qui avait dû se déplacer depuis pour continuer à flotter.

J'aime les voyages, je ne vis que pour les voyages. C'est comme ça qu'on s'est connus. J'étais étudiante, lui déjà le plus grand des réalisateurs. Je faisais un stage exactement où je voulais. Je voulais être lui. Lui voulait être avec moi. Au bout de neuf mois de tournage, de pays en pays, de nuit en nuit l'un à côté de l'autre dans des chambres, dans des tentes, dans des sacs de couchages, il a été avec moi. D'aventure en aventure que nous ne pouvions partager avec personne, avec nous seulement pour les comprendre, pour nous comprendre, j'ai été avec lui. On vivait sur la même fréquence, à voir les mêmes choses au même moment, seuls au monde, ça rapproche. Dans une semaine, je retrouverai mon rythme de voyageuse, de tournage, d'ingénieure du son relié à la caméra et à mon cameraman de mari, comme un cordon ombilical à trois fils et sans enfants. On est une équipe, l'image et le son qui se combinent pour transmettre la beauté de l'ailleurs. Je n'ai jamais pu imaginer plus belle perfection de vie. J'ai rêvé, j'ai choisi, j'ai fait. Je suis heureuse. Surtout ailleurs, en voyage.

Après le déjeuner, lui doit retourner à la production pour un rendez-vous auquel moi, ingénieure du son, n'ai pas l'obligation d'aller. Le son accompagne l'image, le son est secondaire. Ça ne durera pas longtemps. Le temps que je prenne le métro et il me retrouve chez le tapissier dans notre bout de rue pour charger les fauteuils dans ma voiture, la nôtre en fait, puisque nous n'avons pas fait de contrat de mariage.

J'arrive dans la boutique. Il est toujours assis dans l'ombre de son bureau. Si ça se trouve, il n'a pas de jambes. Il parle, il me parle, il sourit, il tente l'accent suisse, il le fait bien. Il est peut-être infirme et Suisse. Je parle, je lui parle, je souris, je rougis à l'idée de ma maladresse, qu'il soit infirme ou pas, qu'il soit Suisse ou pas. Je rougis surtout parce que je n'arrive pas à le regarder plus de deux secondes et que lui me dévore de ses yeux cerclés, je le vois maintenant, de lentilles.

J'ai pris un Tic Tac avant de rentrer car mon saumon était surtout à l'oseille, presque à l'ail. Je lui réponds avec l'accent suisse, que je fais très bien aussi, mais devant utiliser trop de «p» dans mon français helvétique, je projette mon bonbon vers lui, le rate de peu et mon Tic Tac volant disparaît à jamais dans un mélange d'étoffes. Je suis désolée, je m'excuse, je me lève pour retrouver ma pastille entre des tissus posés sur une chaise. Il me regarde, doit penser que je suis complètement folle, comme mon adresse mail, ou complètement débile comme j'ai l'impression de l'être. Il vient m'aider à chercher mon tout petit camouflage d'haleine. Il a deux jambes en parfait état dans son jean. Un pull à col roulé gris, comme ses cheveux, sa barbe, un parfum que je sens pour la première fois. Je me retrouve entourée de santal, de réglisse, de rhum mais aussi, et c'est surprenant, de vanille et de praline. On croirait un bonbon, un parfum de femme, je n'avais jamais senti une odeur aussi masculine.

Une chaleur émane de nos corps accroupis à chercher un petit bout blanc mâchouillé et humide en train de se désagréger en une tache indélébile sur un morceau de soie ou de velours. Il se relève, me propose une autre friandise et me jure que s'il retrouve mon bonbon fuyard, il m'en tiendra informée. Les fauteuils sont sublimes. Je les touche, les tâte. Il me raconte son travail. Sa voix est douce, belle, mais pas très grave, comme juste muée. Il est gêné aussi, je le sens, je devine aussi qu'il a l'habitude de cette gêne. C'est un séducteur. Pourtant il porte une alliance, mais à la main droite. La mienne est à gauche. Sa bague prête à confusion si on n'est pas dyslexique ou des Balkans. Comme dans les pays protestants, chez les Orthodoxes, l'alliance se porte à droite, et en plus je suis dyslexique.

J'arrête de jouer. Je lui dis que mon mari est en chemin, il va arriver d'un instant à l'autre pour m'aider, et je le paie. Il me dit qu'il a fini le devis pour la tête de lit. Est-ce qu'il a des échantillons de cuir ? Je verrais bien du cuir grainé. Il part dans son bazar à la recherche de ses peaux mortes et teintées. Il y retrouvera peut-être mon Tic Tac collé entre deux peaux de vache. Il revient. Il a dû prêter ces échantillons, il me dira dès qu'il les aura retrouvés. Il est en retard. Je lui parle de ma thèse, de la Bulgarie, que j'aurais plein de questions en comparaison avec la Serbie. Je lui demande comment ses parents sont venus ici ? En voiture avec leurs passeports après un voyage en France, qu'ils ont trouvé très belle. Je lui dis que si c'est le cas, c'est lui qui devrait commencer à se poser des questions. Il me demande si je suis Juive. Non, Orthodoxe. Comme moi ! dit-il surpris par cette coïncidence. Il doit en savoir autant que moi quand je ne savais pas grand-chose sur la Bulgarie, comme n'importe quel Français en fait. C'est vrai que c'est un petit pays complètement méconnu la Bulgarie.

On tombera toujours sur les mêmes clichés : le yaourt, la rose, les Gitans et Sylvie Vartan, quel dommage !

Il arrive enfin, après quelques détours improbables autour de notre pâté de maison. Il reste au volant, concentré sur son mauvais stationnement sur la voie des bus, le moteur allumé, prêt à déguerpir comme s'il était en plein braquage. Je charge les fauteuils dans la voiture. Je lui dis que je le tiendrai au courant pour le devis et que je lui enverrai une photo et les mesures de ma fenêtre, lui va chercher les cuirs et mon Tic Tac suisse.

Je monte à la place du passager, je suis épuisée et complètement déboussolée. Je reçois un message sur ma boîte mail, alors qu'il réalise un beau créneau devant chez nous : « Et le restant de tissu ? Je le garde en otage ? »

« Cher monsieur, quelle est donc cette menace de kidnapping !? Je vous prie de bien vouloir veiller sur votre invité jusqu'à mon retour en fin d'après-midi ».

Après mes cours de bulgare et avant un dîner chez mes parents pour déposer les fauteuils, je pars récupérer le rouleau avec au moins quatre mètres de tissu encore dessus. En quittant ma rue, je le vois sur le pas de sa porte. Il me regarde approcher. Je ne sais plus marcher. Il a le rouleau à côté de lui et me dit qu'il n'attendait plus que moi pour fermer et partir. Je prends mon rouleau sur l'épaule et lui lance qu'il peut être content car c'est la dernière fois que je le dérange.

« Adieu. » Et cette expression est dite à la française, pleine de rage, d'énervement et de drame. Je m'en vais pour ne plus jamais me retourner sur cet homme qui me fait monter le sang aux oreilles et partout ailleurs. Je l'entends me crier à demain. Je le déteste.

Je n'ai pas fermé l'œil de la nuit. Encore. Mais qu'est-ce que j'ai ? Ma seule vraie qualité c'est de pouvoir m'endormir n'importe où, n'importe quand, dans n'importe quelle position, quoi qu'il soit. Et là, je regarde le plafond que je ne vois même pas dans le noir absolu de la chambre. Je me sens oppressée, la poitrine serrée, comme s'il s'était endormi sur moi de tout son poids après avoir joui, mais depuis, je m'en souviens parfaitement, je l'ai repoussé vers son côté et suis même allée me laver. J'ai les yeux grands ouverts alors qu'ils seraient si bien fermés, juste un au moins. Je transpire de la tête alors qu'elle pourrait doucement se laisser aller à faire ce que je fais si bien, surtout le matin, dormir sans penser à rien.

Je ne connaissais pas l'insomnie, c'est effrayant d'être allongée sans dormir. Je ne me repose pas, au contraire. Plongée dans l'obscurité, je lutte contre l'éveil à l'inverse des camionneurs las du ruban de la route qui eux ont la chance de fermer les yeux pour quelques millièmes de seconde, parfois un peu plus, ou une dernière fois pour l'éternité.

Je n'ai pas eu la chance du routier, mais ça ne se voit pas, je suis la seule à ressentir mon corps que je ne contrôle plus et cette douleur derrière les seins qui me fait respirer plus bruyamment, profondément. Je suis en face de ma mère, à une petite table pour deux dans un restaurant japonais, un vrai. C'est notre petit bonheur à nous. Elle a un carnet sur lequel on inscrit tous les restaurants japonais de la capitale et on les fait un par un pour le plaisir de les barrer de la liste sans oublier de les annoter. Chaque fois un nouveau, peu importe le style, et on goûte à tout, spécialement les excentricités. Elle est contente pour ses fauteuils, elle est contente de sa recherche de tissu, du résultat dans son entrée et de l'assise refaite, ferme mais confortable. C'est fou tout le tissu qui reste, plus de la moitié, et cette vendeuse calculatrice à l'œil mauvais et à la vue double de cette boutique du 16e ! Personne n'est honnête, c'est incroyable. On dévie ensuite sur les ragots de la famille, des amis. On se raconte tout. La poche de mon manteau émet un tintement, le bruit de deux verres qui s'entrechoquent. Un nouveau mail. Je n'ai pas respecté les codes de la discrétion nipponne, je fais même pire, je lis le message.

C'est une photo, une liasse de cuirs, avec écrit en style télégraphique : «Échantillons retrouvés, attendue pour choisir. PS : aucune trace de Tic Tac». Je tape discrètement sous la table, sans écouter ma mère tout en lui jetant des regards pour lui faire croire le contraire.

« Vous ne pouvez pas vous empêcher de m'importuner ». Puis je remets mon messager dans ma poche, en silencieux, tout en tentant de reprendre le fil de la conversation avec l'assurance d'une joueuse de poker.

À ma sortie du restaurant, pas de réponse. Après avoir quitté ma mère, pas de réponse. Après mon séminaire, pas de réponse. Ce n'est pas grave, il n'y aura pas de tête de lit, pas de rideaux, ni rien en tissu ou en cuir, j'irai voir un autre tapissier pour la suite et ne tournerai plus jamais à gauche au bout de ma rue.

Je sors du métro et marche neuf minutes jusque chez moi. Je reçois un appel, je décroche l'air surprise mais je sais très bien qui se cache derrière cette combinaison de chiffres, une suite numérique assez jolie que je n'apprendrai jamais.

Bonjour, vous m'avez bien écrit un mail ? Oui concernant le cuir, j'allais vous appeler justement. Mais c'est vous qui avez écrit le message ? Oui, désolée si vous n'avez pas d'humour. Vous avez écrit "de l'importuner", j'ai cru que votre mari avait mal interprété mes intentions. Ah non pas du tout, c'est sûrement le correcteur automatique qui a transformé le "m'importuner" en "l'importuner". Ah d'accord, j'ai eu peur, après je me suis dit, comme vous n'êtes pas Française. Comment ça ? Mais vous êtes Bulgare. Pas du tout, mon père est Bulgare, mais moi je suis née à Paris. Moi aussi ! Dans le 14e. Moi aussi c'est fou, ça ! Si ça se trouve vous êtes moi ! Il rigole. Je suis désolée de ce quiproquo grammatical, je peux passer alors pour choisir les cuirs ? Demain ? Oui, dans la matinée je serai là, après j'ai un rendez-vous. Parfait, je passe dans la matinée alors.

Je continue à marcher à quelques mètres de chez moi, à quelques mètres de lui. Ça sent déjà les feux de cheminée et les plats mijotés.

Mon il-légal

Il vient de partir, je suis encore à table devant la fin de mon café qui refroidit et que je ne boirai pas, comme tous les matins. Comment vais-je m'habiller ? Il fait froid et moche, alors un pull, un jean, des bottines et mon nouveau manteau d'anniversaire. Bref, comme tous les jours, mais avec de la réflexion.

Je vais prendre ma douche, me lave les cheveux, me rase les jambes, comme tous les matins. Je prends mon temps. Je me maquille, c'est-à-dire que je mets du crayon noir autour des yeux, du mascara et un rouge à lèvres bois de rose, celui de tous les jours. Je suis jolie. Je ne dirais pas que je suis belle. Personne ne me l'a jamais vraiment dit. Mon père si, quand je suis élégante, parfois. Mais ce n'est pas à ça qu'on pense quand on me regarde pour la première fois. Mignonne, jolie oui, mais belle c'est une autre catégorie que je n'atteins pas tout de suite, et pourtant je sais que je peux séduire n'importe quel homme si je le désire. On ne me remarque pas tout de suite, je peux même passer inaperçue si je suis en compétition avec une vraie belle. Les yeux iront directement sur l'autre, chaque fois, c'est un peu vexant même. Et pourtant, il suffit que je me mette en position, que je fixe ma proie de mes yeux, qu'on pourrait croire marron mais qui se teintent en vert, que je sourie de ma bouche pulpeuse, que je parle, de n'importe quoi, pour que je devienne éclatante, bien plus que la beauté soudain fade à côté de moi dès que je décide d'envoûter un homme, n'importe lequel, jusqu'à ce que ma rivale imaginaire devienne anodine, voire inexistante. J'ai ce pouvoir. Je l'utilise rarement, mais suffisamment pour n'être intimidée par aucune autre à part mon reflet.

Il me dit que j'ai une beauté changeante, qu'il ne peut pas se lasser puisque tous les jours je suis autre. Depuis le premier instant où il m'a vue en train de trier des papiers, agenouillée près de la photocopieuse avec ma culotte qui dépassait, innocemment sans doute, il m'a trouvée au-dessus de toutes les autres femmes sur terre. Il me dit souvent que dans le métro, il me compare aux autres et que jamais il n'y a trouvé ce que j'avais. C'est rassurant de se dire que l'homme qui vit avec moi depuis si longtemps n'a jamais vu plus beau tableau que sa femme. Depuis que je suis avec lui, jamais je n'ai rejoué de mon pouvoir. Son amour total m'a comblée au point que je n'ai plus regardé un homme depuis mes vingt ans. Je n'en éprouve pas l'envie, pas le besoin. Si seulement il ne m'avait pas trahie, pas abîmée, s'il ne m'avait pas menti, il y a un an à peine, jamais je n'aurai ouvert les yeux, jamais je n'aurais vu l'homme derrière le restaurateur de sièges, jamais je n'aurais mis à dessein un peu plus de noir sur mes yeux devant cette glace.

Mon téléphone sonne. Ce numéro inconnu que je reconnais maintenant.

Vous avez oublié notre rendez-vous ? Non pas du tout j'allais bientôt partir. On avait dit dans la matinée, je dois m'absenter maintenant. Mais il n'est même pas dix heures trente, vous avez une notion très étrange du temps. Oui, je suis désolé, vous pouvez à onze heures et demie ? Je serai revenu de mon intervention. Très bien, onze heures et demie, c'est encore dans la matinée. À tout à l'heure. À tout de suite.

Son appel ne servait à rien ou si peu. Onze heures trente c'était l'heure à laquelle j'avais prévu d'y aller de toute façon, et je suis encore en serviette les cheveux mouillés, il attendra.

Il est onze heures trente-cinq, je suis devant sa boutique. Personne, pour de vrai. La porte est fermée. Un scooter me frôle sur le trottoir. C'est lui. Il gare son deux-roues à mes pieds. Il ne retire pas son casque tout de suite. Il ressemble à un lapin, à un kangourou plutôt. Nos regards se croisent. On ne parle pas. Tout est dit. Je le suis à l'intérieur. Il me propose un café, du chocolat, des stylos. On regarde les bouts de cuir pendant plus d'une heure. On parle de peau, de grain, de teinture, de pigments, mais ça ne veut rien dire, comme une scène de théâtre mal répétée, mal ficelée, mal récitée. On voudrait se dire autre chose mais ni lui ni moi ne dévions de notre conversation cuirassée entre un tapissier et une cliente.

Avec un bout de flanelle découpé à l'arrière de la tête de lit par ma mère, j'ai choisi le cuir, grainé beige. Il sait que ce n'est pas pour moi mais pour mes parents. Je me sens un peu moins menteuse, un peu moins impostrice. Nos mains se touchent, un peu, nos yeux se dévorent, un peu trop, nos bouches parlent beaucoup trop. Il ne veut pas que ça s'arrête, je ne veux pas partir. J'ai pourtant choisi le bon cuir en deux minutes et ça va faire plus d'une heure qu'on a nommé toutes les couleurs du catalogue, qu'il m'a expliqué les termes techniques, la fleur de cuir, la pleine peau. Ça devient ridicule. Rien ne se passe. Je me lève. Je dois y aller. Il me regarde, il ne sait pas comment me rattraper. Je lui souhaite un bon déjeuner et pars. Quelle défaite. Je suis toute retournée, j'ai envie de vomir. Je m'en veux de tout, affalée sur mon canapé.

Alors que je me décide enfin à ôter mon manteau, je reçois un message, pas un mail, mais bien un message direct, de téléphone à téléphone, de son téléphone à mon téléphone.

Bien rentrée ? Aucune peau de vache ou de banane sur mon chemin, merci. J'étais inquiet, vu votre blondeur, d'une chute maladroite sur une quelconque peau. Vous êtes très galant, mais c'est un peu du racisme capillaire, surtout venu d'un délavé comme vous, non ?

Deux goélands incapables de se voir physiquement et de s'envoler verbalement en même temps. Je rigole. Il me fait rire. Moi aussi sûrement puisqu'il n'arrête pas de me répondre instantanément. Je suis happée, j'y prends goût, je ne veux pas que ça s'arrête. Il est quatorze heures trente, je n'ai pas mangé, lui non plus. Je dois y aller pourtant. Je dois acheter un micro dans le quartier de Pigalle. Je le lui dis. Il me répond que depuis l'invention du téléphone portable, je peux me déplacer et continuer à écrire, à lui écrire. C'est ce qu'il fait lui aussi. Mieux. Il continue à m'écrire en dictant son texte par son casque de moto sous la pluie. Rien ne l'arrête. Moi non plus, d'ailleurs.

J'aurais pu en rester là, arrêter de lui répondre, me lever, laisser mon téléphone sur le canapé le temps qu'il refroidisse et reprendre le cours de ma journée, de ma vie. Je n'ai pas hésité à écrire le message suivant, celui de trop, celui qui peut faire basculer un jeu, un échec en mat. Je n'ai pas voulu trop réfléchir non plus quand je le lui ai envoyé, pour ne pas lui donner trop d'importance. Je lui dis que si ses passions de la journée sont de rouler sous la pluie le ventre vide et de m'embêter, il peut combiner les deux et me retrouver pour un goûter dans Paris. Il adore les combinaisons. À dix-sept heures vers Montparnasse ? Je sortirai quelques stations avant sur la ligne.

Je me remaquille un peu dans le wagon avec mon parapluie qui pendouille et dégouline à mon poignet à côté de mon micro tout neuf. Je monte les marches, il pleut vraiment très fort, mon petit parapluie n'est pas de taille à me protéger des bourrasques. Je suis là, toute seule devant un magasin de valises multicolores à la vitrine tellement lumineuse que je vois un arc en ciel se dessiner jusqu'à moi. Il m'appelle. Je lui parle. On se parle enfin. Il n'est pas loin mais à cause de la pluie il aura quelques minutes de retard. Je ne m'étais pas rendue compte que j'étais à l'heure. Il me demande où je suis. Là, sous le parapluie, la seule personne inerte, dehors sous le déluge devant les écrans de valises néons.

Il arrive. Il est devant moi, trempé. Il retire son pantalon. Je le regarde, ahurie, je ne comprends pas son geste, je ne savais pas qu'on portait un surpantalon à moto sous la pluie, j'ai cru qu'il se déshabillait devant moi comme un pervers à la sortie de l'école. Je ne connais pas les us et coutumes des motards. On court se réfugier dans un café, alors qu'on ne voit plus rien dehors. On ne voit plus rien sauf nous. On aurait pu aller manger une crêpe, ça paraissait logique dans le quartier pour le goûter, on se retrouve dans un bar tabac même pas enfumé par le tabac, un comble. Ce n'est pas grave, on va boire. Je commande un pastis. Alors que je parle au serveur, je croise son regard et y discerne de l'étonnement. C'est vrai que ça fait un peu alcoolique à dix-sept heures. Excusez-moi, je vais changer en fait, un jus de tomate, s'il vous plaît. Cette fois-ci je perçois le dégout dans un rictus qui se veut discret. Le serveur se tourne maintenant vers lui. « Et un chocolat chaud pour moi ». Ah oui, effectivement, c'est un choix plus logique à cette heure.

Il me donne faim avec son lait chaud, son sucre et cacao en poudre, moi, je rajoute maladroitement du sel de céleri, de la sauce Worcestershire et du Tabasco dans mon breuvage aussi rouge que mes joues et le bord de ma bouche teintée de ma boisson de vieille. Pourquoi pas du Viandox tant que j'y étais ?

Ça y est, on va vraiment discuter pour la première fois. On décline nos identités.

Âge ? Bientôt quarante, enfin trente-neuf depuis trois mois. Moi ? À lui de deviner. Trente-six, trente-sept. Quoi ? Je viens juste d'avoir trente-trois, c'est la première fois qu'on me vieillit, d'habitude on me donne dix ans de moins, mais quatre de plus, je suis vraiment blessée. Ce n'est pas ça, c'est par rapport à votre mari, j'essayais de vous rapprocher de lui et aussi de moi.

Marié ? Oui, depuis plus de vingt ans. Je lui réponds que moi aussi depuis treize ans. Il me demande si je suis bien Française. Mais oui enfin, je vous l'ai déjà dit, pourquoi vous insistez ? Parce qu'il faut que je vous avoue, quand je vous ai vue avec votre mari, excusez-moi mais c'est vrai, il paraît bien plus âgé que vous, je vous ai prise pour une Bulgare qui aurait épousé un riche Français qui roule en 4x4 pour les papiers, mais attention, une femme correcte, mais qui aurait effectué un mariage blanc pour venir s'installer en France. Alors effectivement, on a vingt ans de différence, mais c'est un mariage d'amour, et si vous voulez tout savoir c'est ma voiture à moi, et d'où vous entendez que j'ai un accent bulgare ? Vous avez un problème d'oreille, je suis Française, ma mère est Française ! Il me dit que même Gitane, Bulgare, sans papiers, sans voiture et sans argent je lui plaisais déjà.

Des enfants ? Deux filles, ados qu'il a eu très jeune. Je dis que moi, j'ai deux beaux enfants, deux grands ados maintenant mais que j'ai connu tout petits à l'âge de cinq et huit ans. Les siennes aussi sont belles. Je n'en doute pas. Les miens habitent depuis peu aux États-Unis avec leur mère, mais viennent au moins quatre mois par an vivre avec nous. Et vous n'avez pas d'enfants à vous ? Non, enfin peut-être, je saurai demain. Il est perplexe. Je dois tout lui raconter, mon petit problème, mon traitement, mon insémination. Il a dans son entourage des personnes qui sont passées par là. Je suis sûr que ça va bien aller. On verra demain si je suis enceinte ou pas, il y a une chance sur six, donc si ce n'est pas cette fois, ce sera dans les mois qui viennent.

Cette probabilité que je sois enceinte et mariée ne l'empêche pas de me regarder et de s'intéresser à moi dans ce bar miteux sans nuage de tabac derrière lequel nous cacher lors de nos petites annonces respectives. Ça ne me dérange pas non plus.

Profession ? Tapissier de père en fils. Il travaille depuis toujours dans l'entreprise familiale et en a repris la tête à la mort de son père, il y a quelques années, il ne sait plus la date, c'est étrange. Cancer des poumons, le mal des Balkans. Mon oncle aussi vient de partir en fumée. Son père, c'était des Gauloises sans filtre. Depuis il travaille avec sa mère, qui est couturière. Mais ça je le savais. Moi ? Ingénieure du son, je travaille avec mon mari, et pour le plaisir je fais une thèse, mais ça, vous le savez déjà, et j'apprends le bulgare, je commence à me débrouiller. Je suis très souvent à l'étranger, la moitié de l'année, et justement je pars dans six jours au Cambodge. Combien de temps ? Vingt jours à peu près. Lui n'a jamais vraiment voyagé loin mais il aimerait bien.

Les magasins ferment peu à peu dans la rue, il ne pleut presque plus. On doit se quitter, rentrer chez nous, mais on pourrait rester des heures encore à ne rien se dire, à tout se dire. Demain ? On déjeune demain ? OK, on n'a qu'à se retrouver dans le coin. Je pourrai lui poser les questions pour ma thèse. Il m'accompagne jusqu'au métro, je lui dis au revoir de loin, on ne se serre même pas la main et la vie reprend, tout doucement, trop doucement.

Je détestais ça avant, c'était même une phobie. Une sensation immonde, et maintenant ça ne me fait presque plus rien. Serrez le poing, vous avez de belles veines. Ça me dégoûte toujours mais je m'y suis résignée depuis le temps, je ne me révolte plus devant ce vol sanguin, devant cette division de mon être. C'est peut-être ça qui me fait le plus horreur, sentir que je ne suis pas un tout, une unité mais un assemblage de liquides et de solides que l'on peut couper, sectionner, prélever. Et c'est fini. Dans une heure je pourrai venir chercher le bilan sanguin. En même temps, je me sens si bizarre depuis deux semaines que je me doute du résultat. La nausée, la perte d'appétit, de sommeil, l'irritabilité. Mais on verra dans même pas soixante minutes. Je retourne chez moi pour attendre. Le temps de ranger deux, trois affaires, de lancer une machine et me voilà repartie au laboratoire d'analyse. On me tend une lettre. Je remercie, sors comme si ce n'était pas important, m'arrête quelques mètres plus loin et ouvre, tremblante, l'enveloppe même pas collée. Je tente de comprendre. Il y a plein de chiffres, un tableau, des flèches qui montent et qui descendent, croissantes, décroissantes. Négatif. C'est négatif, je ne suis pas enceinte. Ça n'a pas marché. Je suis triste, je m'y attendais. Au retour du Cambodge. Une chance sur six. Ça fera deux chances sur six, une sur trois donc, enfin je crois.

Je l'appelle. Il me dit que ce n'est pas grave, de ne pas m'en faire, je l'aurais bientôt mon bébé. Ma mère me dit pareil, et même que c'est mieux comme ça, que c'était une folie et dangereux de partir enceinte au Cambodge. La prochaine fois, quand j'aurai plus de temps. Je marche lentement. Je longe les bâtiments en écoutant la bienveillance maternelle. Elle peut me le dire maintenant, et ma grand-mère pense pareil, sur les bateaux, toute la journée debout avec dix kilos de matériel et la nausée, et imagine si tu avais fait une fausse couche là-bas. Non, c'est vraiment mieux comme ça, je suis même soulagée. Un double appel, c'est lui. J'en profite pour me débarrasser de ma mère, aux anges.

Comment allez-vous depuis hier ? Bien, enfin pas trop, je viens d'avoir mes résultats et je ne suis pas enceinte. Il est désolé pour moi, moi aussi. Et il y a autre chose, hier je suis allée sur Internet, comme ça, par curiosité, et je n'ai pas trop aimé ce que j'ai vu. Comment ça ? Je ne sais pas, j'ai vu des photos bizarres, vous exprimez vos opinions politiques et moi je n'aime pas la politique, on n'a aucun ami commun, avouez que c'est bizarre, six degrés de séparation entre deux êtres humains, peut-être même quatre ou trois aujourd'hui, et j'ai plus de lien avec le Dalaï-Lama qu'avec vous, c'est louche non ? Comme si vous n'existiez pas. Mais de quoi vous parlez ? Quelles photos ? Comment vous pouvez avoir accès à mon compte alors que c'est privé ? Je ne sais pas, j'ai juste cliqué sur votre nom et j'ai tout vu et ça ne m'a pas plu. Mais quelles photos ? Celle avec la moustache. Mais je me rasais la barbe et je faisais plein de têtes différentes pour rigoler, vous voulez qu'on annule le déjeuner ? Non, mais ça ne vous va pas la moustache courte. Je vais régler ce problème de confidentialité, et on se retrouve comme convenu pour le déjeuner avec ma barbe.

On se retrouve dans le 14e, vers la rue de la Gaîté, entre les théâtres, les sex-shops et le cimetière, la vie dans ses extrêmes. Cette fois, on choisit. Une brasserie. Je n'ai pas vraiment faim, mais je commande le plat du jour pour ne pas trop réfléchir, une entrecôte frites. Lui aussi. Saignante pour moi, à point pour lui. Et nous parlons, et plus il me parle plus je pense qu'il est exactement l'opposé de tout ce que j'aime. J'ai l'impression d'être à un *speed dating*, enfin ce que j'imagine être une rencontre programmée pour classer l'autre selon ses critères et juger si on peut s'emboîter autrement que physiquement. Plus il se dévoile, plus je barre les cases qui le rapprochent de mon idéal masculin.

C'est un motard. Depuis l'âge de quatorze ans, il roule en deux-roues. A eu plein de motos, mais là, pour le travail, il vient d'acheter un petit scooter.

Il habite en banlieue, mais pas la petite couronne, loin, très loin, plus près du péage que de la tour Eiffel.

Il fait du sport, du karaté, de la boxe et est en plus inscrit dans une salle de sport. Où il va presque tous les soirs.

Il adore le cinéma et regarde beaucoup de films, ça c'est parfait, mais la version française n'est pas un problème pour lui. ~~VF~~.

Il adore la musique, surtout la New Wave et les années 1980. Tout, sauf le zouk. Je ne comprends pas pourquoi il insiste tellement sur sa haine du zouk. Sûrement de mauvais souvenirs dans un club de vacances.

Il a fait des études, techniques, mais des études. Il a commencé à travailler à dix-sept ans sans que ce soit vraiment une passion, ni un choix, sans même avoir réfléchi à ses envies.

Il n'est pas réalisateur. Je n'ai jamais aimé que des réalisateurs, je n'ai jamais été qu'avec des réalisateurs. Là-dessus c'est moi la folle, la dérangée, l'obsédée. Il faudrait que je comprenne un jour pourquoi.

Et au-dessus de tout, c'est un infidèle. Il m'a avoué, assez facilement, mais un peu gêné quand même pour ne pas faire trop grossier, ne pas être très fidèle à sa femme, mais qu'elle ne l'a jamais su, enfin si, une fois, mais qu'elle a eu l'intelligence de fermer les yeux.

Plus je l'écoute, plus il est l'opposé de tout, mon opposé, et plus je me dis qu'il est parfait. C'est lui que je choisis pour tromper mon mari, pour équilibrer la balance de l'infidélité. Le jour où il m'a trahie, ou plutôt où j'ai découvert ses trahisons, je lui ai juré que si je restais avec lui je ferais bien pire. Maintenant, je comprends pourquoi ça n'a pas marché cette insémination, pourquoi c'était négatif ce matin. Je n'avais pas encore réparé la situation. Je me vengerai avec ce motard sportif infidèle qui n'aime pas le zouk. C'est lui. Je l'ai choisi parmi tous les hommes sur terre. Suffisamment Balkanique pour me séduire et suffisamment tout ce que je déteste pour ne pas m'attacher. Un plan Q., le physique sans le mental. Comme tous les hommes, comme mes copines, célibataires ou non, en ont eu un jour.

Moi qui ne fais l'amour qu'avec ma tête, je vais tenter une expérience corporelle pour pouvoir procréer avec mon mari. Moi, la femme la plus fidèle au monde, j'ai enfin trouvé mon amant après plus d'un an de recherche, le premier homme à me faire détourner les yeux de mon époux faussement fidèle. Cet homme à qui tout m'oppose va sauver mon espèce en me permettant d'exécuter ma vengeance mentale et physique, me servant de sa personne, de sa bouche, de son sexe. Moi, l'être le plus loyal sur terre, je dois trahir pour ne plus haïr celui qui partage ma vie. Après lui, tout redeviendra normal et ma tête malade me permettra enfin d'enfanter en paix.

Je ne lui révèle pas tout ce que je manigance, mon plan machiavélique dont il est l'objet. Je souris, je réponds, je me prête aussi au jeu du dévoilement. Si ça se trouve, il pense la même chose de moi, que je suis la personne la plus insignifiante de la terre.

Et pourtant il est seize heures. On en est à notre quatrième café, on a encore tellement de choses à se dire. Mes mains tremblent. Ce week-end, on ne se verra pas. Demain, exceptionnellement, il ne travaille pas. Il sera avec sa femme et ses deux très belles filles. Un truc prévu depuis longtemps. Et le dimanche en famille, c'est sacré. De toute façon, nous partons demain pour deux jours à la campagne, dans un château, à faire l'amour et découvrir de bonnes tables pour me consoler, puisqu'on n'a plus rien à fêter. On s'appelle lundi matin. On a convenu d'un code, il devra me demander si la choucroute est à la saumure, et je devrais lui répondre que rien ne vaut le tajine au citron.

Je suis dans mon lit. Nous dormons. Mon téléphone sonne. Un message. « La choucroute est-elle à la saumure ? » Je ne m'y attendais pas. Depuis vendredi soir, je n'espérais que ça. Depuis son dernier message, alors qu'il faisait déjà nuit : « Je vais tenter de me sevrer, mais une forte envie de respirer ma Gitane blonde ». Je n'avais pas répondu exprès pour commencer aussi ma désintoxication. Tout le week-end j'ai écouté Gainsbourg et toutes les chansons sur l'addiction. En manque, je n'arrivais pas à manger, rien ne passait que la musique et ces échanges que je relisais, sans même me cacher, jusqu'à les apprendre par cœur.

Rien ne vaut le tajine au citron. Mais quelle heure est-il ? Neuf heures. Il ne ronfle plus à côté de moi, il dort profondément de ce sommeil si lourd du matin que je pourrais croire qu'il est mort. Le visage éclairé par la seule lumière de mon portable, j'attends de savoir si lui aussi a écouté des musiques sur le tabac et si ces deux jours de privation ont suffi à le désaccoutumer. Il me dit qu'il n'a jamais fumé de sa vie, d'expérience familiale, mais que ça doit ressembler à ça quand on décide d'arrêter malgré soi d'inspirer et d'expirer cette fumée mortelle. Je lui réponds que moi aussi je n'ai jamais voulu tenir une cigarette entre mes doigts, mais je préfère me brûler à ses mots comme à des volutes infernales plutôt que de ne rien inhaler du tout.

Accros. On déjeune ensemble ? Il n'a qu'une demi-heure. C'est déjà ça.

Je le retrouve dans un faux japonais. On n'ose pas se regarder. On sourit bêtement. On ne peut pas parler. Cette chose étrange est donc toujours là entre nous. Cette chaleur qui émane de notre proximité physique. Je n'ai jamais ressenti ça. C'est incontrôlable, détestable, enivrant. Une drogue. Je suis maintenant accro aux antihistaminiques et à lui. Je lui demande de me parler en serbe pour voir si je comprends. *Volim da provedem vreme sa vama.* J'aime passer du temps avec vous. À quelques mots et tournure grammaticale près, j'aurais pu comprendre. Il me demande si je ressens aussi cette chose étrange entre nous. Oui aussi. Mais c'est très bizarre, si ça se trouve ça va retomber comme un soufflé ? Il aime bien les soufflés, même ratés. Il faut faire une expérience, se tenir la main par exemple, si ça se trouve ça va être nul et on sera libérés. Il me tend sa main. Mais non, pas comme ça, un jour on se tiendra la main et on verra bien. On se quitte, on ne se touche pas. On ne s'effleure pas, volontairement, comme pour prolonger cette souffrance, ce désir.

Je passe la journée à la maison à préparer mon matériel, mes affaires, mon départ. Moi au son, lui à la caméra. On fait des tests. Tout semble bien fonctionner mais je m'en fous. Je ne suis pas stressée de ne pas être à la hauteur, de risquer de transformer ce documentaire en film muet, mais de partir bientôt et de rester encore trop longtemps ici. Il faudrait s'envoler tout de suite loin de lui. Le sevrage, j'aurai le temps de le faire dans les ruines des temples Khmer, sur mon lac aux pélicans. Je devrais m'enfuir à l'aéroport avec mes valises déjà prêtes, et je m'enfuis dans une impasse à quelques mètres de chez moi pour le retrouver lui et sa main. Juste sa main, sans se parler. Je prétexte un achat de pain, je fais ce détour jusqu'à ce portique où il m'attend avec sa paume et ses cinq doigts et sa bague qui ne l'empêche en rien de tenir ma main, de me l'attraper, de me la caresser, de me la malaxer, broyer presque. Il a la main douce, forte, de longs doigts, tous bien faits, surtout le pouce, ses ongles soignés finissent bien l'ensemble. Des mains qui n'ont rien de mains d'artisans. Sans cors, sans cloques, sans cales, sans blessures ou doigts en moins. Au Cambodge, à une époque, on l'aurait tué pour ses nobles mains paresseuses.

Je retire ma main de sa belle main chaude et m'évanouis en lui susurrant, à demain. Je n'ai rien senti.

On se retrouve devant l'entrée du parc Montsouris. Je porte un jean, un pull gris au décolleté carré, un soutien gorge et une culotte tanga en dentelle noire, sans artifice, mon manteau tout neuf, qui commence à pelucher car je ne le quitte plus, et des chaussures à talons. Des escarpins même, noirs, très beaux. Pieds nus. Je me suis maquillée juste avant dans l'Autolib', des retouches. Je sors de chez mes grands-parents où je n'ai rien pu avaler. Une insulte pour ma grand-mère. Sûrement les hormones en descente. Mais ce matin j'ai vu apparaître cinquante-six sur la balance. Des huîtres pourtant, et du saumon et du vin blanc et une crème caramel. Je m'excuse de mon incapacité à honorer mon assiette. Je bois une gorgée pour leur faire plaisir. Je vais toujours embrasser mes grands-parents avant de partir, même quand je ne pars pas en fait. Au cas où. Surtout mon grand-père qui vient d'avoir quatre-vingt-douze ans et une douzième année à ne plus pouvoir ni parler, ni marcher. Ils ont une mappemonde et un atlas et ils me suivent sur le globe au fil de mon absence. Je les embrasse tendrement, on ne sait jamais, et je pars vite, trop vite, rejoindre celui qui hier ne m'a pris que la main.

Je vais à mon cours de bulgare, mais avant, j'ai deux heures avec lui. On marche, enfin lui marche, moi j'évite les trous entre les pavés et le sable mou avec les aiguilles sur lesquelles je suis juchée. Je lui demande de me parler encore serbe. Il me nomme ce qu'il voit. *Klupa. Trava. Stari tchovec. Sunse. Hladno. Zima. Basta. Park. Noge. Očі. Usta. Zelja.* Banc. Gazon. Vieil homme. Soleil. Froid. Hiver. Jardin. Parc. Jambes. Yeux. Bouche. Désir.

Dans les petites allées aux alentours, il répond à mes questions sans filtre, comme s'il se confiait à lui-même, ou à un prêtre ou à Dieu. Cet homme impur est transparent de tous ses péchés. C'est un séducteur, un infidèle, trente, quatre-cents, mille, pas fois mais personnes différentes. Depuis qu'il est avec elle jusqu'au mois dernier. Il rentre chez lui, se couche à côté d'elle et ça ne l'empêche pas de dormir, ni de la serrer contre lui, ni de l'aimer, même au contraire, c'est ce qui lui permet de rester avec elle. Je ne comprends pas. Comment peut-il faire ça à quelqu'un qu'il dit aimer ? C'est la trahir, même s'il pense qu'elle ne sait pas.

Sur ces quarante voleuses de fidélité, aucune ne l'a détourné de sa femme, et jamais il ne pourra tomber amoureux, il veut mourir à côté d'elle. Je lui dis qu'il devrait plutôt vivre avec elle.

Je n'ai jamais trompé personne. Ou alors c'est que c'était déjà fini. Je n'ai jamais été seule depuis mes seize ans. Je passe d'un homme à l'autre, d'un amour à l'autre en continuité, et parfois ça se chevauche un peu. Je lui dis qu'il ne doit pas être vraiment heureux. Il me dit que moi non plus si je suis là aujourd'hui. C'est vrai. Je parle de son infidélité. Comment cela m'a fait souffrir, comment cela me fait encore souffrir, comment je ne peux pas pardonner. Comment je ne pourrais jamais être avec lui qui pense que la fidélité n'existe pas. Je lui dis qu'il faut qu'on s'embrasse, lui, ça ne change en rien ses habitudes, je ne serai qu'un numéro de plus, la quarante et une, cent une, mille et une, peu importe, et moi ça rééquilibrera mon mariage, et de toute façon, demain, je serai partie et nos vies reprendront leurs cours comme si de rien n'était.

C'est un trompeur aguerri. Pas dans la rue. Pas aux yeux de tous. Je lui demande comment il fait d'habitude. L'Autolib' ? Si un clochard n'a pas passé sa nuit dedans on y sera bien au chaud. J'en commande une. Je la retire à la borne, on se gare sur une place à quelques mètres de là. Mes pieds meurtris se réchauffent, on met la radio. On est gauches comme la première fois. Je lui dis de commencer par m'embrasser partout sauf sur la bouche. Il m'embrasse la joue, descend sur mon cou, remonte sur mon menton. On a huit ans. Je soupire. Un peu parce qu'enfin je sens sa barbe sur moi, un peu pour me mettre en situation, un peu trop. Moi aussi je l'embrasse. Je touche ses cheveux drus. Ça y est, je l'ai enfin trompé, ça me fait du bien. On s'embrasse. Je voudrais ressentir plus, mais non, ce n'est pas l'extase des sens comme je le pressentais. Notre alchimie était plus forte quand elle n'était que désirée. Son pantalon se serre un peu plus, le mien se mouille, c'est là que logiquement une autre se serait baissée pour le finir avec la bouche, la langue. On se touche dans la voiture aux yeux finalement de tous ceux qui veulent bien jeter un œil indiscret à travers les vitres qui s'opacifient de nos baisers. Je peux sentir mon parfum, un fond de Shalimar qui me restait mêlé à son odeur de chanvre, de fragrance sucrée et de chien mouillé. Il pleuvait ce matin, sa veste en laine et en cuir a dû prendre un peu trop l'eau. Il sent le mal séché, mais ce n'est pas désagréable, ça va avec la situation, ça se lie bien avec nos odeurs de baves et de plastiques mal lavés de cette voiture qui a dû en voir des couples illicites s'agiter entre le volant, le levier électrique et les clips de ceinture. Ça va faire une heure qu'on se bécote maladroitement comme deux enfants qui essayent pour la première fois, pour voir ce que ça fait, pour faire comme les autres. Je le dépose à son scooter. Il me demande si ça va. Oui, très bien. Pas de remords, pas de regrets non plus. Vous m'appelez après vos cours ?

Je continue jusqu'au 13e avec cette voiture qui sent nous, qui empeste même. Je me regarde dans la glace, je suis toute gonflée de cette pilosité nouvelle sur mon visage. Rouge et gonflée, ça a dû lui faire peur. Je ne lui ai pas encore parlé de mon dermographisme. Il m'appelle, je suis encore en train de conduire. Tout va bien, vous êtes sûre ? Oui. Mais vous aviez l'air triste, ou déçue. Non, c'était parfait, merci de votre temps, vraiment. Très bien, appelez-moi tout à l'heure ou si vous ne vous sentez pas bien.

Je suis assise sur une caisse à attendre la fin des formalités de douane. C'est fini. Je ne le reverrai plus jamais. Ça aurai été bien cette petite idylle sans conséquence aucune. Cette petite échappée, cette bouffée d'air serbe sans attache. Mon plan Q sans cul, un plan bouche et mains baladeuses. Est-ce que ça suffira comme vengeance ? Je le pense. Je me sens mieux. Je le regarde maintenant avec de la hauteur, du dédain. Je lui écris une dernière fois, comme à des amis au lendemain d'un bon dîner bien arrosé.

« Cher vous,

Ça y est ! Les douaniers m'ont laissée passer avec mon passeport français même si vous me pensez toujours Bulgare avec accent. Je voulais vous remercier pour ce petit moment d'égarement à vos côtés. Je reviens dans vingt jours, vous m'aurez sûrement déjà oubliée d'ici là, ou remplacée par la prochaine. Ce sera parfait ainsi. Je repenserai toujours à vous, à nous, avec une douce et joyeuse mélancolie balkanique. Soyez heureux. Je vous laisse, je suis devant une montagne de Toblerone. Bien à vous ».

Avant d'éteindre mon téléphone dans l'avion, je lis et relis ces mots qui me piquent au cœur : « Je vous attends vous et votre Toblerone. À dans vingt jours ».

Mon il paradisiaque

Qui n'a jamais senti cet air nouveau fouetter son visage, trimbalé à l'arrière d'une voiture, n'a jamais vraiment voyagé. Je ne connais pas de plaisir plus intense que celui de humer pour la première fois un nouveau coin du monde. Déjà, quand les portes de l'aérogare s'ouvrent, je respire ses embruns inconnus. Mais mon extase, mon délice, c'est de sauter au milieu des valises et du matériel dans un pickup, seule, et de me laisser envahir par la liberté, les cheveux emmêlés dans ces courants d'air étrangers. De jour, de nuit, en ville, en montagne, en forêt, en désert, en Afrique, en Asie, en Amérique, ressentir ce premier émoi avec cette nouvelle terre. S'il n'y a pas de coffre ouvert, je monte déçue à l'arrière de la voiture, je me colle à la fenêtre et sors la tête dans le vent en fermant quand même la bouche pour ne pas ressembler à un chien content.

Cet air-là sent bon. La moiteur, les arbres fruitiers, la poussière. Nous sommes au petit matin, je suis seule, imbriquée dans les valises. Je suis heureuse. Cette odeur, je l'ai quittée il y a quelques mois, et elle me revient du fond de mes narines, instantanément. C'était un air différent pourtant, un air peut-être plus triste, plus sage mais un air pur, sans lui, sans cette absence qui me force à sourire pour prétendre que je suis bien, là, dans ces effluves qui sentent la trahison, la mort, le silence, dans cet air qui n'est pas des Balkans, même s'il a été communiste.

Nous sommes quand même il y a quelques années. Quand voyager à l'étranger coupait de tout. Je me rappelle la mer d'Arafura où, avant de m'enfoncer pour deux semaines en terre papoue, à proximité des fameuses «taches blanches» tant fantasmées, j'avais le luxe de pouvoir appeler mes parents, une dernière fois, par le téléphone satellite du bateau. «Si ça doit se faire, ça se fera», fut la dernière phrase que j'entendis entre deux sanglots. Ils parlaient évidemment de ma disparition, de moi, dévorée par des mangeurs d'hommes. Ah, les voyages font peur à ceux qui ne bougent pas, surtout à mes parents, surtout mes voyages. Et au Ladakh, et au Zanskar, dans l'Himalaya, où après des jours d'expédition à la recherche de la panthère des neiges, alors que je rêvais de mon grand-père comme un présage néfaste, je devais attendre de redescendre en ville pour passer un coup de fil et savoir si toute ma famille était en vie, et surtout mon grand-père. Et au Yémen, entre Noël et le Nouvel An 2005, retrouver du réseau pour découvrir sa messagerie saturée, réaliser le tsunami et mes dernières paroles à ma mère «On campe sur une plage, c'est magnifique». Oui, je leur en ai fait des frayeurs à mes proches. Mais le voyage non connecté permettait de vivre absolument l'instant présent dans cet ailleurs.

Je ne sais pas si le monde a évolué à ce point en même pas trois mois, ou si on se rend compte de l'existence de certaines choses à partir du moment où l'on s'y intéresse, mais le Cambodge est entièrement couvert par le wifi.

À l'arrivée à l'aéroport je n'avais pas eu le réflexe, ni même en voiture jusqu'à l'hôtel. Je n'avais même pas sorti mon téléphone de mon sac à dos, même pas pensé à l'allumer. Dans le hall de l'hôtel, alors que l'équipe s'organise et que nos futures chambres se libèrent, avec mon jus de papaye à la main, j'ouvre ma boîte de pandore. Des messages de bienvenue s'entrechoquent annonçant les prix astronomiques d'un appel à la minute. Folie de décrocher et six fois plus d'appeler.

«J'espère que vous avez fait bon voyage». Je rougis comme s'il venait de surgir derrière mon canapé en simili cuir pour susurrer ces mots à l'oreille. Un fantôme réapparu malgré mes prières de désenvoûtement. Il m'a envoyé ce message six heures après mon départ, comme si je partais à Dubaï. Mais il ne doit pas encore savoir qu'un Paris – Siem Reap avec escale à Kuala Lumpur dure presque vingt heures si on compte le passage en douane avec le matériel et le transfert jusqu'à bon port. Peut-être a-t-il pensé entre-temps que j'avais disparu, éparpillée dans le Pacifique, ou bien, selon sa géographie, en terre subsaharienne. Mon téléphone en devient même possédé puisque je reçois ces mêmes mots de bienvenue par dizaine. Je demande s'il y a le wifi. «*Yes of course Madam, the password is the name of the hotel.*»

Je regarde si personne ne remarque mes changements d'attitude dans ce pays d'espions. Personne ne me voit, surtout pas mes deux acolytes français accoudés au comptoir en pleine discussion sur la philosophie du film, ou plutôt sur les embûches techniques et logistiques déjà en place qui freinent l'envolée lyrique de ce documentaire télévisuel de cinquante-deux minutes, faisant partie d'une série de documentaires sur des lacs, où chaque image est préprogrammée.

Mais je ne voudrais pas dissiper la magie dans vos regards émerveillés quand vous admirez le dimanche après-midi, à moitié endormi, un tigre à l'affût, une fourmi en lutte contre une colonie ennemie, ou un Inuit chassant l'ours blanc, j'avais ces yeux ébahis aussi, devant mon écran, quand j'étais petite fille. C'est pour ça que je fais ce métier aujourd'hui, pour aller à la rencontre du vrai, de la nature sans artifice. Et je suis toujours amusée de la crédulité des personnes qui croient ce qu'elles voient. Si seulement elles savaient !

Aujourd'hui, je suis de l'autre côté. Je ne suis plus spectatrice mais derrière le rideau. Une illusionniste, une magicienne. Enfin, pour l'instant, la potiche qui se fait découper à la scie sauteuse. Mais un jour je serai celle qui vous fera croire que l'on peut disparaître dans une cage et réapparaître en volant au-dessus des têtes ahuries de ceux qui croient encore. C'est la magie du cinéma. Mais justement, le genre documentaire est fourbe. La fiction, elle, porte le mensonge et la fabrication dans son nom, mais le documentaire triche avec vous car il triche avec le réel. Le documentaire dupe tout le monde, sauf ceux qui le font.

Après les projections, les avant-premières, l'infantilité des questions des néophytes nous montre si on a réussi à les berner ou pas. Comment avez-vous fait pour suivre cet insecte toute sa vie ? Incroyable que vous ayez eu la chance d'être là au bon moment ! Ces hommes vivent vraiment à l'Âge de pierre !

Plus le niveau des remarques est bas, plus notre travail est réussi, et plus le film est bon.

Il faut sourire, surtout ne pas dire les mots zoo, aquarium, rejouer la réalité, plusieurs prises, doublures d'insectes et mêmes cascadeurs d'insectes contre leur gré. S'ils savaient ! Si vous saviez ! Une illusion. Une désillusion. Mais ça ne m'a pas dégoûtée. Je suis même fière d'être détentrice de ce petit secret professionnel que vous ne soupçonnez pas derrière vos écrans plats.

« Bien arrivée à l'autre bout de vous. Et moi qui pensais être enfin tranquille, je me retrouve harcelée par votre message qui n'arrête pas d'arriver. Et en plus il y a du wifi partout ! On est mal ! »

Quelle heure est-il à Paris ? Je réalise qu'il a sept heures de moins que moi qui ai voyagé dans le temps. Il est minuit pour lui qui vit dans le passé. Je saisis ma connerie. Comment ai-je pu envoyer un message sans regarder l'heure ? Un message digne d'une maîtresse désespérée qui voudrait révéler au grand jour son amour pour un homme marié, ou pire, une maîtresse abandonnée qui, pour se venger, envoie leurs échanges cochons à la femme ignorante, juste pour la faire souffrir autant qu'elle. Pire encore, une mauvaise espionne. Mon père serait tellement déçu. Moi, qui ai été formée toute mon enfance comme un agent anti-KGB, je me retrouve piégée comme n'importe quelle taupe amatrice.

J'ai grandi dans un entre-deux-mondes en pleine guerre froide, où il fallait faire attention en permanence aux autres, aux micros, aux parapluies, à soi-même. J'ai appris à ne pas laisser de traces, au cas où. Mon père a toujours vécu dans la peur, des espions, des représailles, coupable d'être passé à l'Ouest, d'être un dissident. Il se méfie de chacun, on ne sait jamais, tout le monde peut être un communiste caché, surtout les autres Bulgares, ces autres qui n'ont pas de raison d'être de son côté du mur, sauf celle de l'espionner, de vouloir nous enlever, nous éliminer. Petite, je vivais dans une atmosphère particulière, on était bien en France, mais on vivait comme dans un pays communiste, comme en Bulgarie, comme si Mitterrand était encore plus à gauche que Staline. Rester flou. Lui est toujours flou, au cas où, il ne répond jamais à une question, il brouille les pistes, au cas où. Il m'a inculqué ses réflexes complétement absurdes, comme brûler les papiers importants au lieu de les mettre dans une poubelle, ne jamais donner d'informations au téléphone, qui est évidement sur écoute. Ne pas laisser de traces, au cas où. Il doute de tout, de tout le monde, même de nous, de moi. D'où il vient, on ne parlait pas, n'importe quel membre de la famille pouvait être un informateur, encore plus les enfants, qui pouvaient répéter à l'école ce qu'ils avaient entendu à la maison. Silence, censure, auto-censure, peur. La peur ne l'a jamais quitté et ne le quittera jamais, son passé est toujours présent dans son quotidien et dans le mien. On peut dire que j'ai bien échoué à ma formation à peine arrivée en zone coco, au pays de Pol Pot et des Khmers rouges.

Je n'ai plus du tout l'air tranquille avec mon *welcome drink*, ma bouche grande ouverte et mes rides d'expression figées sur mon front explicitement inquiet. Est-ce que mon message est si gênant ? En soi, non. Mais oui. Si n'importe quelle femme tombe sur un tel message sur le portable de son mari, c'est la crise, l'interrogatoire, voire le divorce. Pourvu qu'il ait éteint son téléphone, ou l'ait au moins mis en mode avion, en tout cas pas entre ses mains à elle, pas en train de regarder une vidéo avec des chiens ou des chats. En même temps, je suis sûrement la seule de ses infidélités avec laquelle il ne s'est rien passé, enfin rien en dessous de la ceinture. Il pourra se défendre, nier, au pire dès mon retour j'irai tout lui raconter et on deviendra peut-être amies.

Il s'approche de moi. Me demande si tout va bien. Oui c'est juste que je n'arrive pas à rentrer le code wifi. Il me dit qu'ils viennent de revoir le programme. Qu'on manque vraiment de temps et qu'il faut refaire des images d'Angkor en saison sèche avec des touristes. Qu'on ne peut faire ça qu'aujourd'hui. Là on se repose un peu, on prend le petit déjeuner et après on va visiter encore Angkor, voler des images, et ce soir, en rentrant, on se fera masser.

Le programme me plait. Tout pour me faire oublier qu'à cet instant, dans une maison de banlieue plongée dans l'obscurité, une femme est peut-être en train de commettre un homicide. Laisser passer la nuit et remonter le temps jusqu'à moi.

Quand on tourne en Asie, on est sûr de tomber sur un bel hôtel, même une petite chambre, même avec une production radine, on sera toujours dans un lieu charmant. Enfin ce soir seulement, car à partir de demain ça sera sous nos moustiquaires sur une maison flottante dans le salon d'une famille à côté d'une cage à crocodiles, et ensuite on campera sur le toit d'un bateau. J'aime bien dormir à la belle étoile, mais je profite quand même de ma nuit sur du dur, dans un lit moelleux, après un massage à l'huile comme une touriste blanche privilégiée dans une Indochine révolue.

Après l'amour pour baptiser notre nouveau voyage, après une bonne douche pour nous nettoyer du voyage et de l'amour, après des fruits, des croissants et un café, après avoir préparé nos appareils photos, qui sont en fait des caméras, et mon walkman qui est un enregistreur sonore stéréo, nous voilà tous les deux arpentant les ruines vertigineuses et gigantesques. Des espions aux pays des espions. Lui fait semblant de prendre des photos souvenirs et moi je fais le guet pour m'assurer que personne ne nous repère. Parfois, je pose, alors qu'il est en train de filmer d'autres femmes, d'autres filles, d'autres visages en longue focale. Ça n'a rien de transgressif. Je déteste les journalistes, les avides de sensation à la recherche du scoop ou du scandale, qui pensent pouvoir révolutionner le monde en révélant un travers que tout le monde connaît déjà. C'est juste qu'on n'avait pas prévu cette visite presque touristique et qu'on n'a pas de permis pour tourner ces illustrations qui auraient dû l'être lors de notre dernier séjour.

Il fait chaud. Ça sent la terre, la pierre, les fientes de chauve-souris. On est dans un temple caché dans la forêt, on pourrait se croire seuls comme deux aventuriers qui viennent de découvrir ces ruines recouvertes de mousses et de racines et cette odeur de chauve-souris.

Il est seize heures. Mon téléphone vibre enfin à cause de lui. « Heureux de vous lire et de savoir que tout s'est bien passé, Paris est bien triste sans vous ce matin. » Et si ce n'était pas lui ? Si c'était sa femme qui a réalisé enfin, par la seule personne avec laquelle il ne s'est rien passé, que son mari la trompe. Et s'il était ligoté sur une chaise devant cette folle hystérique qui n'attendait qu'une preuve supplémentaire pour lui trancher les couilles ? Je dois être subtile, lui répondre en tout bien tout honneur. Je suis cachée à l'intérieur d'un temple et je ne veux pas en sortir avant d'avoir éclairci ce vaudeville.

« Bonjour Paris, ici le temple d'Angkor. Navrée pour le message que vous avez reçu par erreur. Je n'avais pas fait attention aux sept heures de décalage. J'espère ne pas vous avoir importuné ».

« Vous ne m'importunez jamais, j'étais en mode nuit, mais on devrait convenir d'un code comme le tajine citron. » À moins d'avoir parlé sous la torture et d'être si faible pour avoir craqué et donné notre ancien code, c'est lui. Oui c'est une bonne idée. Pourquoi pas un « . » et en réponse « … » ? Parfait. Simple. Efficace.

« Racontez-moi ce que vous voyez, ce que vous faites. On est déjà en train de tourner dans le temple d'Angkor. Il fait chaud, humide, dans un peu plus d'une heure il fera nuit et on rentrera à l'hôtel, j'irai me faire masser et je dormirai enfin car je n'ai pas fermé l'œil depuis Paris. Ma *Lara Croft*, je vous imagine avec votre short et votre débardeur. Imaginez, car j'ai un pantalon large et une chemise manches longues contre les moustiques et les sangsues. Ma Gitane bulgare au Cambodge. C'est vous qui m'enverrez le premier point et si j'ai du wifi, car il y a du wifi même au milieu de la jungle, et si je suis disponible entre deux prises, je vous répondrai "…" pour nous tenir au courant de nous, comme une correspondance. Vos mots ont égaillé ma matinée, Paris est toujours aussi triste, mais moi, je le suis un peu moins. Et vous avez éclairé ma fin de journée, à demain cher Serbe de France. »

Je suis allongée sur un matelas dans une salle sombre. Ça sent le moisi. Il est à côté de moi. J'ai gardé ma culotte, lui son caleçon. Deux femmes au-dessus de nous s'agitent et glissent sur nos corps huileux, visqueux. Elles se parlent. Je ne sais pas ce qu'elles se disent mais elles doivent parler de nous ou de la dernière série qu'elles viennent d'interrompre pour détendre les peaux fades de ce couple étrange. Un père et sa fille, ou un pervers et une imbécile. Elles ont l'air las. J'entends les moustiques voler au-dessus de mes oreilles et je les imagine se nourrissant de ma personne, hilares de mon immobilité. Je souffre pourtant. Je veux gratter mes piqûres mais surtout que cette femme arrête de me toucher et de révéler mon urticaire. C'est devenu un supplice. Avant que ma tête ne prenne le dessus, je m'affalais dès que possible sur les tables de fortune de toute personne avec des doigts. Et là je n'ai plus qu'une envie, qu'elle épargne ma chair avec ses mains maladroites, la repousser violement pour me lever et reprendre des cachets. Une accalmie. La mienne doit me croire morte tellement je suis crispée, raide. Je regarde son caleçon pour épier une érection qui ne ferait qu'empirer mon moment de détente. Que ce massage cambodgien ne se termine pas comme chez ses voisins ! Tout est plat. Je détourne le visage dans la pénombre. Ma masseuse est donc habile de ses mains seulement pour faire les poches. Je m'accoude pour lui faire comprendre que je ne suis pas reposée au point d'être assoupie, qu'elle n'est pas une si bonne masseuse que ça, et qu'elle peut retirer ses mains huileuses des poches de ma jupe. Elle me voit, feint de chasser un moustique et de le claquer sur le mur. La pauvre, elle n'aura même pas eu le temps de prendre son pourboire. De toute façon, j'ai l'habitude, je ne suis pas une touriste, et je n'ai rien à part son dû pour cette prestation minable et mon téléphone, qu'elle n'a pas intérêt à toucher. Ma porte de liberté, mon tunnel d'Alice pour retrouver mon lapin serbe de l'autre côté de la vitre. Espérons que demain il y aura du wifi sur mon lac, sur ma maison aux crocodiles. Vivement demain que je m'échappe de cet enfer.

«.

…»

C'est parfait ces petits points et surtout la réponse, ces points de suspension, de suspens pour dire que notre journée peut enfin commencer.

«Vous avez bien dormi ? Oui, et bien réveillée, bien roulé en voiture, bien voyagé en bateau, bien installée dans ma maison flottante, bien découvert le code wifi, bien attendu le petit point venu d'Europe pour me dire que ma journée commence enfin grâce à vous, et vous ? Bien dormi en pensant à vous, bien pris mon café, et pensé à vous. Il faut que vous veniez visiter ce lac, c'est vraiment magique. Si vous me servez de guide. Je pense que je commence à bien connaître le coin, mais je vous recontacte un peu plus tard, là on part suivre un pêcheur de serpents, saviez-vous qu'ils en pêchent des millions tellement ce lac en est riche ? Ah ! je ne sais pas si je vous suivrai alors, je hais les serpents, même sans les voir, à tout à l'heure et faites attention.»

Nous sommes tout à l'heure, j'ai fait attention. Enfin j'ai fait comme j'ai pu. Accroupie sur ma pirogue avec ma mixette et mon enregistreur en harnais sur les genoux, et des serpents d'eau, peut-être inoffensifs, mais des serpents quand même, à mes pieds gesticulant dans les bas-fonds sous ce plancher de bois ajouré sur lequel mes fesses reposent. J'ai fait attention, enfin, je n'ai rien fait. J'ai enregistré en stéréo le va-et-vient du pêcheur qui s'enfonçait dans les jacinthes d'eau et remontait avec des serpents filants. Il y en a un qui tente de s'échapper sur ma droite, qui remonte le long de la coque. Je retire mon casque, à l'affût de son cri et je serre fort ma perche, prête à l'utiliser pour me défendre en cas d'attaque. Je ne sais plus s'il faut bouger pour leur faire peur ou rester immobile. De toute façon, je ne peux pas bouger alors on va opter pour la seconde alternative. Lui est devant moi. Il est absorbé par l'image, la lumière. Il n'est qu'un œil. Une bête sans corps. Un œil, le droit. À l'affût d'un mouvement, d'une action. Il sait comment faire. C'est le meilleur. Il ne voit même pas les serpents qui effrayent sa femme. Tout ce qui est hors champs n'existe pas. Je ne suis pas dans sa mire, je suis derrière et je dois suivre de mes oreilles ses yeux obsédés.

C'est ce que je lui écris. À quelques mots près, sans parler de lui. Dans mes messages, il n'existe pas.

Comme si j'étais partie seule avec une équipe fantôme. Maintenant que je sais qu'il a peur des serpents, j'en joue. Je les grossis alors qu'ils étaient déjà grands. Je les diabolise, alors qu'ils étaient apeurés et inoffensifs. J'en fais des monstres immortels, alors que ce sont maintenant des cadavres, découpés en petits morceaux, distribués aux crocodiles pour certains, macérant dans une sauce pour les plus chanceux, en attendant d'être mangés dans une soupe délicieuse aux saveurs de ce lac, aux saveurs du Cambodge. Il me dit qu'il aimerait être un de ces serpents pour pouvoir être à mes côtés et avoir la folie de s'imaginer ramper sur moi, m'embrasser de sa langue fourchue, me mordre de ses crocs des Balkans.

Je m'endors dans ma moustiquaire tapis de sol. Je suis seule dans ma petite maison transparente. Personne ne peut rentrer dans mon univers. J'ai toujours dit que si je devais emporter une seule chose, ce serait ma moustiquaire tapis de sol. Dans tous les lieux hostiles où je me suis trouvée, du moment que je l'avais, j'étais sauvée. S'endormir en sachant que rien ne pourra me toucher, aucun insecte volant, aucune araignée me regardant de ses yeux brillants, rien. S'endormir et se laisser aller des heures durant à profiter des bruits et des odeurs de la nuit sans être détournée, tourmentée par ces habitants qu'on dérange forcément. Hermétiquement à l'abris de tous. Les uns à côté des autres lors des expéditions, il est à ma gauche. Comme toujours.

Comme dans le lit, mais derrière deux épaisseurs de moustiquaires. On se voit, on se devine, mais on ne peut pas se toucher. Ça l'excite, moi aussi. Parfois, quand tous les autres sont recouverts par la nuit, je l'invite à me rejoindre, seul intrus dans mon univers aseptisé. Cette nuit, sur ma maison flottante, la fatigue a pris le dessus. Il ronfle à côté de moi, notre camarade grince des dents un peu plus loin, la famille qui nous héberge discute doucement, leur bébé pleure, il a faim, il va téter, le chat pourchasse les rats derrière nos têtes, les crocodiles dorment dans leur enclos, le karaoké des voisins sature sur *Comme d'habitude*, les pirogues aux moteurs et hélices assourdissent le tout quelques secondes le temps de leur passage, et moi, je lui souhaite une belle fin de journée en rêvant de ses morsures, non plus comme un serpent, mais comme une chauve-souris enragée.

Le matin, je suis libre. Libre de lui qui commence sa nuit. Pourvu qu'il ne lui fasse pas l'amour. Si ça se trouve il se sert de moi, de nos échanges pour la toucher. Il mélange ses deux univers pour bander et s'exciter sur le corps encore jeune mais flétri par leurs longues années de mariage. Il faut que j'arrête de visualiser ce que les autres pourraient imaginer ou faire. Mais peut-être que j'ai un don, que je suis une sorte de Madame Irma qui ne verrait pas dans le futur mais dans l'esprit tordu des gens. Des flashs. Même si ma tête de voyante voyeuse est en ébullition permanente, le matin, je suis quand même libre d'être sans lui. Il n'est qu'une pensée. Une pensée bien présente mais je peux vivre sans coller mes doigts à mon écran, comme une ado addict, ou comme cet autre que je regarde se réveiller sous sa moustiquaire, innocemment, en souriant, comme si de rien n'était, comme si lui non plus n'avait pas déjà sali son écran de sperme. Le matin, je suis en sursis jusqu'à l'après-midi. Jusqu'au petit point.

Je me réveille et je me gratte déjà. Je ne m'en étais même pas rendu compte. Ma peau me démange. Je sens entre mes boursoufflures habituelles non pas un point ou trois points de suspension, ah mes chers petits points, mais des centaines de petits points rouges. Une peau de morse. J'ai compris. Je viens de comprendre. Mon cerveau se rappelle cette sensation. Des puces. Ou une puce. Comme Troie, j'ai été attaquée par un cheval. Mais le cheval est un animal noble, la puce est ridicule. La fourbe a dû se glisser sans un mot, alors que je m'étais assise sur cette banquette que j'avoue avoir trouvé assez louche. Une banquette sur le ponton de la maison flottante. Une banquette à même le sol alors que je lui racontais les morsures reptiliennes et que j'imaginais ses baisers. Un autre parasite a saisi l'opportunité pour m'embrasser, me mordiller durant mon sommeil. Un viol.

Je hurle, je me débats contre mon assaillant invisible. Prise à mon propre piège. Rien de pire qu'un intrus assoiffé de sang coincé dans une moustiquaire. Je n'ai plus de pudeur, je retire un à un mes vêtements en courant me réfugier dans la salle de bains. Enfin plutôt la salle d'eau, enfin plutôt les toilettes à la turque avec un seau d'eau froide contre le mur, le tout construit sur la fosse à crocodile. Ils sont une centaine à y attendre paisiblement qu'on vienne les chercher, un à un, pour les sortir de leur trou et les transformer en portefeuille, ceinture, ou même sac à main de luxe, qui sait, peut-être à Paris.

Moi aucune grande marque ne voudra de ma peau. Blanche, mais tellement blanche, avec des taches rouges et un point de couleur plus vive en leur centre, réparties asymétriquement sur mon corps. Autour de la ceinture, sur les fesses, les jambes, le ventre. Je me balance des louches d'eau pour déloger cette puce encore accrochée dans des replis de mon anatomie. Une niche de chien. Je me suis assise sur une niche de chien. Je ne la lui dirai pas. Je ne peux pas le lui dire tellement je suis déformée. Heureusement la puce est perfide, elle attaque dans la pénombre des vêtements. Mon visage, mes mains, sont épargnés, et mon corps, je le cacherai. Demain on dort à l'hôtel, je la noierai définitivement dans l'eau d'un bain bien chaud. Il m'apporte de nouveaux vêtements, propres, enfermés dans ma valise. Je mets de l'anti-moustique partout sur mon corps, sur mes cheveux, on n'est jamais assez prudent, sur mes vêtements, mes affaires, dans ma culotte, ma moustiquaire. Je la vide, je cherche à la lumière frontale cette petite bête fugitive qui a dû grossir et rougir. Un monstre. Toute cette épuration me fait rater le petit déjeuner. On doit y aller. Aujourd'hui on tourne dans une ville sur l'eau sans eau. On y retrouve un scientifique français qui va nous parler des barrages, de ce poumon du Mékong qui s'étouffe, se noie ou plutôt s'assèche. Je suis en route sur ma pirogue. J'ai une chemise boutonnée jusqu'au cou, un pantalon treillis et des chaussettes hautes.

«.

...

Comment va mon aventurière ? Bien, très bien même. Aujourd'hui on a marché sous une ville sur pilotis et quelques mois plus tôt on voguait trois mètres au-dessus, c'était étrange, comme si on avait retiré la mer. Comme une marée en Bretagne quoi ! Oui c'est ça, mais en plus rouge et sans les crêpes. À votre retour on ira manger des crêpes ? Oui avec du cidre. On ira en Bretagne ? On ira déjà à Montparnasse. On y prendra le train. On ira partout. J'ai hâte même si je n'aime pas la Bretagne. »

Je parle de crêpes et de Bigouden, je m'évade en Bretagne sous la pluie, alors que je tremble de peur et de chaud dans mon sarcophage vert à fermeture éclair qui sent l'anti-moustique et la bataille de la veille entre une puce et une femme crapaud.

Je suis nue. Il me prend en photo. Il me prend toujours en photo, toujours nue, ou presque nue, en dentelle, en bas, masquée. Le plus souvent par surprise. Lascive sur le lit, ou même endormie, sans mon consentement. Il aime l'image, les photos, je suis sa muse. Et moi j'aime bien me voir dans ses photos, ça me plaît d'être sa source d'inspiration pour son art, son plaisir, pour ses désirs. Je trouve ça flatteur d'être son rêve éveillé, son image fantasmée se révélant en négatif sur la pellicule argentique. Je m'y trouve belle, érotique, pornographique. Parfois ce n'est qu'un coin de bouche humide, ou un téton en noir et blanc.

Il veut aménager une pièce cachée avec ses photos, avec moi sur ses photos. Un placard secret recouvert de mon corps, de ses parties. On a déjà un tiroir à cet effet, le plus haut, le plus inaccessible, qu'on ne peut atteindre qu'en montant sur une chaise, sur la pointe des pieds. Y sont cachées nos photos, ma lingerie achetée dans des sex-shops, des menottes, des godes, des boules de geisha, des livres et des dessins qu'il faisait pour moi, sur moi, quand je n'étais pas encore avec lui et qu'il me fantasmait. Il me les envoyait, me les racontait. Il y a aussi mes photos à moi, celles qu'on fait les premières fois, quand on est encore innocente mais qu'on aspire à ne plus l'être, celles prises au Polaroid avec sa meilleure amie pour faire comme dans les magazines et qu'on cache entre les pages d'un vieux livre. Sa préférée est tellement passée qu'on ne peut plus qu'en deviner les contours, je suis avec des bas résilles, un grand pull et des chaussures à talon, j'ai les cheveux lâchés et je regarde en l'air, effrontée, j'ai presque quatorze ans. Un tiroir comme dans n'importe quelle chambre sans doute.

C'est moi qui lui ai demandé de me prendre en photo. Une preuve de mon corps attaqué, blessé. Une de face, une de dos, comme un cliché de détenue. Nous sommes en ville pour la nuit, et je sors du bain. On m'a toujours dit que les puces n'aimaient pas l'eau, et qu'en cas de doute, après le bain, on retrouverait les cadavres des dernières tortionnaires, noyées, flottant à la surface. J'ai beau regarder la pellicule de mon bain brûlant, rien. Elles ont dû toutes être toutes déjà submergées, ou dévorées, digérées par les crocodiles du lac. Je n'avais plus vraiment de doute, mes morsures dataient de la veille, mais après ce bain je me sentais enfin propre.

Une photo de mon corps boursoufflé, flasque des pirogues, rougi par le bain chaud et gonflé par mes règles. Un échec. Une photo témoin qui n'ira pas dans le tiroir de ses désirs. Je ne lui montrerai pas cette photo. D'ici un jour ou deux, je n'aurai plus que des taches rougeâtres et à mon retour en France j'aurai peut-être même des marques de bronzage. Je dois appeler ma gynéco.

C'est ce qui est convenu. Au premier jour des règles, vous m'appelez et on regarde si on peut envisager un cycle. Nous sommes le douze et je reviens le vingt-quatre. Je n'ai pas pris mes injections avec moi, elles n'auraient pas supporté le voyage, la chaleur. Je sais que ce sera pour le mois prochain. Elle aussi. Sûrement. Mais on respecte le protocole.

On est sortis dîner dans un bon restaurant. Dans ce pays on mange vraiment bien, varié, pas un seul jour le même plat, la même saveur, les mêmes épices. Je me régale même des serpents dans la soupe et des cafards d'eau en apéritif, par curiosité. Je l'appelle sachant que je vais écouter une musique au synthé en boucle pendant au moins vingt minutes. À trois euros quatre-vingt-seize la minute, soit quatre-vingts euros et non remboursés par la Sécu. Je tombe sur la secrétaire qui me dit sans même avoir besoin de parler à sa supérieure de docteur qu'on reporte ça au cycle prochain. J'en profite, alors que de la rue je vois les plats déjà servis sur la table, pour arrondir ma facture à cent euros. Au point où j'en suis. Ça me fera cinq minutes de réconfort à sa voix. Je ne sais plus trop à quoi elle ressemble. Dix jours sans ses mots à mes oreilles. Dix jours où je déforme sa voix en le lisant, elle en est devenue presque féminine, avec un fort accent parisien.

Il décroche. Heureux de m'entendre. Le timbre de sa voix est faussé par son sourire. Il est juste heureux et moi aussi. Je pivote pour tourner le dos au restaurant car la joie illumine mon visage. Les passants me regardent comme une attraction. Ma béatitude est communicative. Je lui demande si malgré la distance, il ressent encore cette chose étrange entre nous. De plus en plus et encore plus en vous écoutant avec votre accent. Il faut que je raccroche. Je lui dis le prix de la minute et que ça fait vingt euros qu'on se parle. Il me dit que si j'étais restée en France, on aurait pu faire durer cette communication toute notre vie pour vingt euros. Je vous embrasse comme dans une voiture électrique. Et moi comme dans un bateau à essence.

Ils me regardent avancer jusqu'à eux avec mon sourire de Bouddha. Ils pensent que je suis heureuse d'une bonne nouvelle de santé, de cycle, d'insémination. Non. Mais c'est peut-être pour ça aussi que je souris.

Mon il-limité

«.

...»

Je n'attends même plus d'avoir le wifi, que ce soit gratuit. À seize heures, j'active mes données à l'étranger pour me donner à un étranger. Je suis au milieu de la rizière. On vient de filmer des serpents. Encore. Mais terrestres cette fois. Enfin, ceux d'un spécialiste venu avec ses reptiles pour qu'on le filme en train de les capturer. De l'arnaque je vous dis. Je ne suis pas vraiment tranquille car un python s'est enfui de sa glacière pendant notre déjeuner, et il rode tel un vrai serpent sauvage, à quelques mètres de nous, invisible. Le Houdini sans pattes, sans bras, sang-froid.

Dans l'après-midi, on est de l'autre côté de la rizière, dans un nouveau décor. On a recréé sur une route de terre un studio en pleine nature. Les acteurs de cette séquence sont des poissons marcheurs, des *chana strié*. Dotés de branchies et de poumons, ces poissons amphibies s'adaptent aux deux saisons du lac. On a reconstitué justement l'arrivée de la mousson à l'aide de pulvérisateurs de jardin. De la terre sèche à boueuse, on filme nos poissons se déplaçant vaillamment sur leurs deux nageoires.

Pour moi, l'ingénieure du son, ce n'est pas une scène très intéressante acoustiquement parlant. Entre le bruit de l'arrosoir, les directives permanentes, les stars et les effets spéciaux, rien de très authentique et naturel aux oreilles. J'aide entre-temps avec le réflecteur pour éclairer les vedettes. S'invite même sur le plateau une sangsue mimétique couleur terre d'au moins vingt centimètres. Vue sa taille, elle a dû s'échapper rassasiée du cou d'un buffle de la rizière. Heureusement que j'ai mes bottes en caoutchouc, deuxième indispensable du kit de tournage après la moustiquaire tapis de sol. Elle se déplace assez lentement mais, maintenant que je l'ai repérée, je ne vois qu'elle et mes yeux bougent dans tous les sens à la recherche de ses semblables. Jusqu'ici je n'en avais vu aucune, maintenant, je ne pense qu'à ça.

Il est l'heure. Je prends mon matériel et leur fais comprendre sans les déranger que je m'éloigne pour aller enregistrer des sons d'ambiance, des sons de nature. C'est vraiment ce que je préfère. Rechercher avec mes oreilles un univers sonore entre les imperfections. Me perdre dans la nature sans devoir faire le moindre geste, le moindre mouvement, laisser revenir la cacophonie, la mélodie d'un lieu avec ses insectes, ses oiseaux, son vent, son silence. Le tout en stéréo dans mes deux petites oreilles asymétriques, bercées par cette musique. Magique. Le tout entre les avions, les moteurs, les motos et toutes les nuisances sonores qui nous rappellent que le son pur est impossible, irréel plus de quelques secondes.

J'aime bien mon métier technique, celui pour lequel je suis payée quand je pars en tournage. C'est par hasard pourtant que je me suis retrouvée un casque vissé sur la tête. Au début, avant même que je sois avec lui, pour ne trouver une place légitime sur les tournages et que je puisse voyager avec lui, il m'a mise au son. Quand les équipes sont réduites au minimum, il n'y a que trois postes possibles dans le documentaire si on veut voyager : le réalisateur devient cameraman, l'assistant de production, l'assistant tout court, et moi, l'ingénieure du son. J'ai appris sur le tas, de tournage en tournage. Les premiers documentaires, il les avait choisis pour que je me fasse la main, et je peux dire qu'aujourd'hui je suis plutôt douée pour une ingénieure du son formée sur le terrain, surtout pour les sons seuls, les sons d'ambiance.

« Bonjour vous. Bonjour nous. Quand est-ce qu'on va arrêter le vouvoiement ? Ça devient hors contexte vu notre relation. Je pense que vous serez toujours "Vous" pour moi, ça met une distance élégante entre la réalité et nous. Nous, Vous, si on passait au singulier, ce serait plus simple, plus intime. Gardons-nous à distance par cette formule de politesse, comme si on n'existait pas vraiment dans la vie de l'autre mais uniquement dans notre bulle bulgaro-serbe. J'attends que vous franchissiez le pas et je vous suivrai, qu'est-ce que vous faites aujourd'hui ? Je suis entourée de bêtes rampantes et visqueuses, pythons, poissons marcheurs, et là, je suis en face de la plus grosse sangsue que j'ai jamais vue, vingt centimètres au moins. Dix-huit et demie pour moi.» Il me faut un moment pour comprendre. Il n'a pas pu écrire ça. Heureusement qu'il y a le vouvoiement. Je ne sais pas quoi répondre. Je vais faire comme si je n'avais pas compris. «Quel con, je suis désolé, c'était pour rire. Vous vous comparez à une sangsue? Désolée pour vous mais elle a gagné alors, et j'espère que vous êtes plus désirable que ça. Je lui envoie une photo. Elle est longue, fine, molle, élastique, grisonnante, effrayante. Effectivement, je n'ai de commun avec cette sangsue que ma volonté de me coller à vous. Eh bien, pendant trois jours on devra se coller à nos souvenirs ou fantasmes car je pars en expédition sur un bateau au milieu du lac et je ne crois pas qu'il y ait un réseau ou un satellite assez fou pour nous relier. Malheur ! Mais quelle joie dans quatre jours de vous relire avant de nous retrouver en vrai dans même pas dix, je préfère penser à nos retrouvailles plutôt qu'à notre éloignement. Moi aussi, j'ai hâte de rentrer, et c'est très perturbant car c'est la première fois qu'en voyage, je suis encore plus loin, dans une autre dimension, dans un ailleurs avec vous. C'est exactement ça, nous avons ouvert un monde parallèle où seuls vous et moi avons accès, un paradis et un enfer en même temps. Vous êtes Adam, la pomme et le serpent, et pourtant je préfère notre paradis à la réalité. Serpent, c'est mieux que sangsue. C'est plus prestigieux, en tout cas. Qu'est-ce que vous pouvez m'énerver, que vous soyez une sangsue, un serpent, un dieu ou un homme ! Je suis un simple pécheur qui pense avoir trouvé en vous tous les vices et en même temps un petit poisson d'or. »

J'avais pressenti cette coupure dans le voyage. Trois jours et trois nuits sans lui, sans nos échanges illicites qui prennent la tournure que j'avais imaginée, espérée, redoutée. Trois jours. Soixante-douze heures. Quatre mille trois cent vingt minutes. Deux cent cinquante-neuf mille deux cents secondes. C'est insupportable, insurmontable. Et moi, je suis irritable, insupportable. Je lui parle mal. Tout ce qu'il fait m'exaspère. J'agis sans aucune passion. Je pense à Paris. Je m'imagine avec lui, à ce que nous ferons, à ce que je le laisserai me faire, à ce que je lui ferai, et je m'isole. Je garde mon casque que je branche à mon téléphone, à mes musiques, et je pense à lui. Je n'écoute jamais de musique pendant les tournages, ni même ailleurs. Je laisse mes oreilles tranquilles, se reposer, s'aérer, surtout de la pression du casque. En fin de journée, elles bourdonnent, elles sont rouges, collées, ankylosées. Mais là, je garde le casque en permanence pour ne pas être avec lui, avec eux, sur ce bateau avec toute cette équipe au complet, avec ces scientifiques, ces pélicans, ce lac. Je veux la Seine, les pigeons, et lui.

On dirait une fille affreuse de quinze ans qui reste dans son coin alors qu'elle est en vacances en famille dans un endroit paradisiaque. Une sale boutonneuse enfermée dans sa chambre au lieu de profiter de l'instant, de la beauté du monde avec sa famille de chair et de sang. Ma crise d'adolescence avec une acné de puces.

Là aussi, je suis en famille. Ma famille de travail. Il y a lui, bien sûr, celui à qui j'ai dit oui pour tout de mon plein gré. Il y a aussi tous les autres. Notre fixeur cambodgien, ancien flic, sûrement un espion. Un scientifique cambodgien, spécialiste des poissons, qui ne sait pas nager. Un jeune Anglais à l'accent jouissif, de Liverpool, qui étudie les oiseaux, deux Français qui s'occupent des images aériennes avec leur drone, le capitaine du bateau, le staff, et mon tendre ami philosophe. Le troisième de notre trio. À moins qu'il soit le deuxième ou le premier. Son meilleur ami. Son compère. Celui avec qui il passe le plus de temps après moi.

Ils sont complémentaires. L'un regarde, visualise, agit, l'autre réfléchit, verbalise, intellectualise, écrit.

Je les ai rencontrés le même jour. C'était mon maître de stage. Son silence monacal entrecoupé de mots percutants me faisait un peu peur. On voyage toujours à trois. On fait évoluer les histoires à trois. Je suis un peu en retrait, moins prise en considération, je reste la femme de l'un, je compte pour une moitié, zéro virgule cinq sur trois, eux se divisent le reste. Mais j'aime parler avec lui, j'aime le retrouver à l'aéroport avec son sac intransportable et ses habits jamais adaptés au lieu où nous allons. Toujours en jeans et boots. C'est un rêveur, un cérébral. On parle de tout, de n'importe quoi, de tout ce dont je ne parle pas avec celui qui partage mon lit. Mais sur ma proue, allongée à regarder les étoiles, je ne veux pas lui parler. Il doit sentir que quelque chose ne va pas, que mon attitude est impolie. Je m'en excuse même. Je lui dis que je suis stressée à cause des hormones, du processus. Il fait semblant d'y croire. Il a compris. Il sait que je suis ailleurs, que je suis partie. Il ne me le dira jamais, il est trop élégant pour ça.

Je fais illusion parfois. Je parle, je rigole, je profite de cette vie d'équipe pendant les tournages, jusqu'à l'heure du goûter pour les enfants et même parfois pendant le dîner. Mais au fond de moi j'ai disparu, j'erre dans les limbes et je me réfugie dans la musique. Dans Gainsbourg. Je nous associe à lui, à ses mots.

Et heureusement car c'est le seul auteur que j'ai en intégralité sur mon téléphone. Toutes ses chansons le rappellent à moi. *Sensuelle et sans suite* ; *Hold up* ; *Le Grand Méchant Vous* et les autres. Je les écoute toutes. Comme des poèmes, à savourer chaque mot, chaque son. J'en découvre de nouvelles, je redécouvre toutes les autres. Je veux les écouter avec lui. J'imagine que de son côté, en manque de moi, il écoute la même chanson au même moment. Je veux faire l'amour avec lui avec un casque sur les oreilles, avec ces chansons. Allongée comme je le suis en ce moment, mais nue, et lui sur moi, à côté de moi, en moi. Je pourrais jouir juste à cette idée sur le nez de mon bateau, sur sa peinture bleue qui s'écaille sous mon dos. Dès que je serai sortie de ma prison sans réseau, dès que j'aurai quitté mon lac, dès que je serai sur la terre ferme, sur la route pour le Laos, avant la frontière, je lui dirai que je veux qu'on fasse l'amour. Fini ces enfantillages de midinettes, ces bouches, ces mains, je veux le reste de son corps. Il sera mon dernier. La dernière personne à qui je me donnerai. Et ensuite, je ferai machine arrière, et ma vie aura à nouveau un sens.

.

Rien. Je viens de débarquer et rien. J'ai envoyé ce point il y a trente minutes, à l'instant même où j'ai vu des barres de vie sur mon téléphone, encore sur mon bateau et rien. Le soleil se couche pourtant, c'est le matin pour lui, on est samedi, et rien. Pire que l'absence, personne pour m'accueillir, pas de petits points. Rien. On est sur la route jusqu'à l'hôtel, je tiens mon smartphone pour le sentir vibrer. Rien. Il n'a pas écouté *Annie aime les sucettes*, ni *Love on the beat*, ni *Glass securit*. Il n'a pas pu m'attendre, il m'a oublié. Quel intérêt pour un trompeur comme lui d'écrire à une fillette à l'autre bout de la terre qui ne peut pas le satisfaire ? Il doit être entre d'autres bras, plus proches, plus disponibles, sans morsures de puce. Il est peut-être même avec sa femme, retourné sur le droit chemin. Par ma faute.

On dîne, on se couche. Rien. Je pleure sans bruit dans le lit en récitant les amours perdues qui hantent toujours mes nuits, et dans des bras inconnus, je veux trouver l'oubli. Les yeux collés par le sel, je me réveille. … « Mon soleil est revenu, vous me manquez terriblement. Je pense à vous, à nous, tout le temps, même en week-end, même un samedi soir. Et comme dirait Claude François vivement le lundi au soleil. Bon dimanche. Stop. »

On a passé la frontière à pied avec nos valises pleines de matériel discret. On n'a pas de permis. On va filmer avec un appareil photo, prendre le son avec un petit enregistreur. Que du matériel pro qui fait amateur, touristique. On a laissé notre équipe derrière nous. On n'est plus que trois, le noyau dur, à trimballer des sacs sans roulettes. Des touristes amateurs.

On filme les cataractes, les barrages. Le paysage est beau, très beau. On se croirait entre le Tigre et l'Euphrate. On traverse le Mékong sur un bac. Je regarde le fleuve. Je me prends pour Duras, ou plutôt pour Marguerite. Ma chemise en lin blanc en devient transparente et ma tête se voit coiffée d'un chapeau d'homme aux bords plats. Je veux être détachée comme elle avant lui. Mais il n'est pas sur ce bac, il est déjà dans ma tête, sous le feutre souple couleur bois de rose au large ruban noir.

Depuis la nuit de samedi je suis apaisée. Je sais qu'il est à moi comme je serai à lui. Je n'ai plus qu'à lui dire qu'il m'a conquise, plus qu'à rentrer, le retrouver. Plus que le Laos et je serai dans ses bras. Lundi, en fin de journée, je vais pouvoir le lui dire. Je commence par des formules de politesse, de convenance, je suis bien élevée. Je lui demande de ses nouvelles, de son week-end, de sa famille, s'il est en bonne santé, quel temps il fait à la capitale. Je repère à travers ses mots, ses phrases, sa ponctuation, si notre trouble est bien réciproque, l'addiction toujours présente, le désir toujours ardent. On est en train de faire un time laps du coucher de soleil, des cascades devant moi, de la lumière de fin de journée, de la beauté du moment. Il voudrait me voir, m'entendre, même quelques secondes. Il en a besoin. Il m'appelle. Je ne réponds pas tout de suite. Je m'éloigne, prétexte ma mère. Il insiste. Je décroche. Il apparaît à son bureau avec son papier peint mauve à fleurs en toile de fond. Je lui souris de joie, je lui montre les cataractes, lui dis qu'il doit absolument emmener sa famille ici, lui préférerait découvrir cet endroit avec moi. Il tente de mordre mes joues à travers nos écrans, mes joues d'écureuils à travers les milliers de kilomètres qui nous séparent. Il disparaît. Plus que quelques jours.

Nous dormons sur une petite île. Pendant les nuits qui nous restent, après le dîner, il ira se faire masser, moi, je resterai à l'attendre car je ne supporte plus qu'on me touche. Une heure à moi, sans lui mais avec lui. Je lui annonce qu'il va devoir réserver son vingt-cinq, que le lendemain de mon retour je serai à lui entièrement. Il sera mon dernier amant. Il me demande si je suis sûre. Oui, et je suis sûre que ce sera fabuleux, je veux jouer avec vous.

Dans ma chambre pendant une heure, alors qu'il ira se faire masser, je serai avec lui. On se découvrira un peu plus, on parlera de cul comme deux inconnus derrière leur écran. À s'exciter de ce qu'on se fera si je rentre un jour, dans moins d'une semaine. Je sais maintenant qu'il aime les fellations, longues, douces, sensuelles, être derrière, les bas, les talons, la lingerie noire. Il sait que j'aime qu'on me touche, être dessus, les bas, les talons, la lingerie noire et la dentelle.

Et toutes ces nuits pour moi et après-midi pour lui, loin l'un de l'autre, dans ma chambre pendant une heure, alors qu'il va se faire masser, on s'imagine et s'écrit tout ce qu'on se fera dans quelques jours, dans une chambre d'hôtel, dans son arrière-boutique, ou encore ailleurs. Dans ma chambre pendant une heure, alors qu'il se fait masser, je suis à lui, rien qu'à lui.

Mon il- et-Vilaine

Mes talons résonnent sur le macadam. Je marche lentement, je titube un peu. Je prends mon temps même si je n'ai que quelques mètres à parcourir. Il vient de partir devant moi. On doit se retrouver là-bas au bout de cette rue, sur le trottoir de gauche. Il est parti à toute allure sur son scooter. Il va récupérer les clés chez son ami qui possède un petit studio non loin de sa boutique, non loin de chez moi. On doit se retrouver au bout de la rue vers la nationale. Vingt minutes tout droit, dix minutes de là où je suis.

On sort de table, un petit resto caché, un relais étape avant le studio. Une sorte de routier sans route, hors des sentiers battus, là où personne ne pourrait nous voir. Un petit resto sans carte, avec une ardoise, trois entrées, trois plats, trois desserts, et un pichet de vin. Pour nous, ce sera deux. Notre déjeuner a duré longtemps. On s'était déjà revus pourtant, la veille, le jour de mon retour. Il pleuvait. J'ai couru sous mon parapluie transparent. Je voulais le revoir, mais surtout savoir. Il m'attendait derrière la vitre de sa boutique. On est resté comme ça, immobile pendant des secondes, des dizaines de secondes, presque une minute. Lui derrière sa vitre, moi sous mon parapluie. Les mots, on les avait déjà tous dits, on avait déjà tout dit, il ne restait plus qu'à se voir. Il m'a fait signe de le rejoindre derrière, dans la cour de l'immeuble. Plus de vitre transparente entre nous, que mon parapluie. Il m'a rejoint en dessous, sa tête dans les baleines, sous le plastique transparent, moi juste en dessous de lui. Je suis montée sur la pointe des pieds, dans mes bottines mouillées et l'ai rejoint. J'ai rejoint sa bouche qui venait à moi. Sa belle bouche isolée dans sa barbe de trois jours, de cinq ou de sept, je ne sais plus compter. Sa bouche chaude et ce petit grain de beauté qui disparaît sous sa pilosité blanche, près de l'ourlet de ses lèvres. Ce n'était pas un baiser, ce n'était pas mielleux, ça ressemblait à une morsure. Nos dents qui embrassaient nos lèvres, nos visages, nos bouches, nos dents. Ça n'avait rien de doux, de tendre, c'était brutal, charnel, animal. Ses porcelaines aiguisées dévoraient mes joues, mon front, mon nez, mes lèvres. Je me laissais faire, soumise à ses blancs couteaux qui me faisaient sienne de leurs scarifications. Lui aussi était à moi, et je pense l'avoir mordu un peu plus, à l'intérieur de la bouche, exprès, là où la lèvre inférieure disparaît, jusqu'au sang. Lui aussi a teinté mes lèvres de vermeil pour se venger. Un baiser éternel.

Liés à jamais par notre mélange de salive rougie. Sous mon parapluie, qui ne nous abritait que de la pluie, par ce baiser presque cannibale, je lui promettai mon corps.

Aujourd'hui, il ne pleut pas, il fait froid. Sous mon grand manteau noir, je suis en jupe. Sous ma jupe, je suis en bas. Je marche pour le rejoindre. Dix minutes, le temps de son aller-retour chez son ami pour les clés de ce studio en travaux. À table, entre les verres de vin pour faire passer la sauce au roquefort, on organise la suite de notre après-midi. J'aurai bien aimé une chambre d'hôtel, même miteuse, même de passe. Lui ne l'a jamais fait à l'hôtel. Va pour le studio. Va pour les travaux.

Je lui offre le Toblerone acheté pour lui à l'aéroport, un géant, il me l'avait demandé. On parle aussi d'autre chose, de plein de choses. Un peu de mon voyage, un peu de ses trois semaines à lui, un peu seulement. Je lui raconte aussi mon grand-père, à l'hôpital depuis deux jours. Il n'arrive plus à s'alimenter. Il fait des fausses routes, s'étouffe. C'est ainsi depuis un moment ainsi, c'est très impressionnant à voir, à écouter, à chaque repas. Maintenant, il ne mange même plus, il s'étouffe seulement, alors on va lui poser une sonde directement dans l'estomac. Il ne mangera plus jamais comme un humain, ne boira plus jamais d'eau, ni de vin. Sa bouche ne sert plus à rien maintenant. On le nourrira par un tuyau. Il n'est plus qu'un estomac, un foie, un cœur, un intestin. Il n'est plus mon grand-père. Il l'a longtemps été pourtant, même après son accident, même quand il ne pouvait plus parler de sa voix douce, même quand il ne pouvait plus marcher, il était encore mon grand-père dans ses yeux bleus, ses yeux si bleus par son esprit qui y brillait encore. On n'avait plus besoin de mots pour parler, pour s'aimer même. Il se faisait comprendre, il était vivant grâce à lui, et surtout grâce à ma grand-mère qui a été ses jambes, son équilibre, sa voix, son amour, sa force, sa dévouée.

Mais hier quand j'ai couru dans le couloir de l'hôpital en sortant de l'avion, il avait disparu. Il n'était plus que des viscères et du bleu de ses yeux son âme s'était déjà un peu envolée. Il était des yeux et non plus un regard.

Son père aussi, quand il était à l'hôpital, n'était plus qu'un corps. Il n'est pas allé le voir avant son dernier souffle, il n'a pas répondu aux appels de sa mère, il est allé retrouver des amis pour faire la fête. Il irait le lendemain, mais c'est cette nuit qu'il est parti. C'est son plus grand regret. Moi, je le comprends, même si lui ne s'est pas encore compris. Ce corps à l'hôpital ce n'était plus personne et comment se comporter face à un imposteur que tout le monde continue à voir, tous sauf lui, sauf moi.

On parle de tout, de tout ce qui nous importe, nous touche, de tout ce qu'on ne dit à personne. C'est étrange, quand je suis avec lui, je ne suis pas celle que tous les autres voient, même mes proches, même moi. Je ne suis pas la bourlingueuse qui a été dans tous les pays du monde, je ne suis pas les voyages, les caméras, le son. C'est comme s'il ne voyait pas cette couche que je me suis fabriquée par passion, par acharnement. Avec lui, je ne suis pas mariée. Avec lui je suis déconstruite, sans artifice, je suis une fille que je ne connais pas vraiment non plus. Avec lui, je suis moi. Je ne sais pas vraiment qui est cette personne, c'est celle qui est peut-être au plus profond de moi, celle avec des racines un peu vagues, qui ne sait pas pourquoi elle se gratte, ni même pourquoi elle n'a pas encore d'enfant, ni même pourquoi elle est là, à cette table avec ses sets en papier marqués de cercles rouges et de miettes ramollies.

Je ne sais pas comment on en est arrivés là, mais au moment du dessert on parle tous les deux avec l'accent belge et je me mets à lui raconter des blagues, deux blagues, mes préférées du moment : « C'est deux escargots qui sont sur les rails d'un train. Celui de derrière dit "Attention !" pfft ! "Quoi ?" pfft ! C'est un couple de Belges une fois. Chouke et Chouke. qui veulent partir en vacances, au soleil, et ils décident pour cela d'aller sur une île, en Angleterre. Le problème c'est qu'ils veulent y aller avec leurs animaux de compagnie : un putois et une chauve-souris. "Mais Chouke comment on va faire avec la douane ? Mais c'est très simple

Chouke !! La chauve-souris, je vais la scotcher sur mon T-shirt et comme les Anglais sont un peu cons, ils vont croire que c'est un T-shirt de Batman ! Mais Chouke, et avec le putois ??? Mais je ne sais pas moi ! Tu n'as qu'à le mettre dans ta culotte ! Dans ma culotte !? Mais Chouke tu as vu l'odeur !! Hé c'est pas grave ! S'il meurt, il meurt ! »

Pendant que je raconte la blague de Chouke et Chouke avec l'accent de Namur, je vois son visage se transformer. Il boit mes paroles, il a la bouche ouverte et ses yeux figés sur mes lèvres, sur mes mots, sur la chute qui arrive. Il dodeline de la tête même. C'est à ce moment-là, entre la chauve-souris et le putois, que j'ai su que pour lui ce ne serait pas une simple histoire de cul, que cet homme infidèle qui allait me pénétrer comme tant d'autres avant moi n'allait peut-être pas me considérer comme un cul sans nom, sans visage.

Mes talons claquent sur le macadam. Je suis à quelques mètres, à quelques numéros de notre rendez-vous. Il n'est toujours pas là. Il doit s'arrêter à la pharmacie pour acheter des préservatifs. Il pensait que j'en avais, et moi qu'il en avait. Il m'appelle. Il arrive. Il n'était jamais tombé en deux-roues, aucun accident, et il vient de glisser sur des feuilles mortes à un feu rouge, à l'arrêt. Il venait de récupérer les clés chez son ami qui lui a juste dit « amuse-toi bien », et sa jambe droite s'est retrouvée écrasée sous son scooter. Il se gare en face. Je vais le retrouver. Il a mal au mollet mais ça va aller, le programme reste le même, un peu moins acrobatique sans doute, mais on ne peut pas reculer si près de nous, même en boitant.

Il me précède dans l'immeuble. Il connaît l'endroit. Je lui demande s'il a déjà emmené beaucoup de femmes dans ce studio, dans cette garçonnière. Je suis la première, je le crois. Au lieu de prendre l'escalier qui monte vers les étages, il va à contre-sens et s'enfonce vers les sous-sols. Je pourrais avoir peur, je devrais avoir peur. Je suis en train de suivre un inconnu sous terre. Personne ne sait que je suis là, personne pour faire le lien avec ce futur amant, ou tueur. Je descends les marches derrière lui, mon téléphone à la main pour appeler, ou au moins me défendre avec. J'enfonce mon talon dans sa jambe blessée et je m'évade à toute allure en hurlant au feu.

Lui n'est pas du tout dans ce genre de scénario, il est agent immobilier du Sud et tente de me vendre un petit meublé. C'est un entresol. Un studio avec de grandes fenêtres en hauteur qui donne sur un jardin. Si des personnes passaient devant, on ne verrait que leurs jambes, sans tronc, sans tête. Son ami a fait une très bonne affaire, le prix du mètre carré étant nettement en dessous du marché puisqu'on est sous terre. Il a commencé les travaux il y a quelques mois pour le louer, mais c'est un perfectionniste, un maniaque, et il veut tout faire tout seul. Comme il travaille en plus à plein temps, le chantier n'avance pas. C'est vrai que ça a du potentiel, un couloir qui dessert une salle de bains à gauche et qui mène à une pièce lumineuse. Il a cassé la cuisine pour agrandir l'espace. Tout est à nu, les murs, le sol, les fils électriques, les parpaings empilés, et de la poussière partout. Même si ce n'est pas chez lui, il me fait le tour du propriétaire, il connaît bien ce lieu puisqu'il a aidé à casser ladite cuisine.

Il n'a plus l'accent du Sud. On pose nos manteaux sur des parpaings, le sien en dessous, le mien au propre, dessus. On regarde sa jambe, elle a commencé à gonfler, sûrement un énorme hématome. Je regarde son mollet poilu, musclé sous son jean qu'il ne peut pas retrousser plus haut, et lui regarde mes jambes galbées, lisses, opacifiées de quinze deniers, de mes bas noirs transparents retenus par une fine jarretière en dentelle. Il me caresse les jambes, remonte sa main sur ma peau jusqu'à ma culotte. On s'embrasse enfin, sans morsures, mon ogre des Balkans.

On va se cacher dans le couloir à l'abri des pieds et des genoux indiscrets. On s'embrasse goulûment, lui me touche, me malaxe, moi je le laisse faire. Au bout d'un moment je m'agenouille, ou plutôt je m'accroupis pour ne pas blanchir mes bas. Lui voudrait sentir ma bouche sur sa queue, moi le latex. On ne sait jamais avec toutes ses aventures et nos morsures de la veille, je ne veux rien attraper de transmissible ou de mortel. Il me donne le préservatif, je l'ouvre, je déboutonne son jean, il la sort lui-même devant mes yeux, proche de ma bouche. Ma sangsue, mon serpent. Son sexe est beau, fort, différent.

Je suis intimidée de cette proximité. Ça fait treize ans que pour moi le membre masculin n'est que celui de mon mari, et là, je me retrouve nez à nez avec un autre exemplaire, certes très beau lui aussi, mais inhabituel, moins familier, nouveau. Je le suce, je le lèche, je le mordille même. Je me sais maladroite par habitude de l'autre, je fais pareil et je sais que ça ne va pas, son rythme n'est pas le nôtre, la pression, l'inclinaison pas les mêmes, je suis perdue. La bouche pleine de lui qui apprécie peut-être, je ne sais pas.

Il me relève, m'embrasse avec mon goût de latex, m'écarte les jambes, la culotte, me pénètre. Mon dos doit être blanc de poussière. Il me soulève, je l'embrasse et l'enjambe, ses mains me tiennent par les fesses. C'est brutal, comme ses baisers. On fait l'amour, on baise même, dans ce studio en travaux qui sent le plâtre humide. Je baise, je le trompe comme n'importe quelle femme infidèle, portée par le vice et la luxure, emportée par le plaisir de la chair et des corps. Une nymphomane qui sépare la jouissance physique et mentale, qui dissocie son vagin de son cerveau. On perd la notion du temps, mais je sais que ça dure très longtemps. On se met dans toutes les positions possibles dans ces conditions. Je me retrouve les jambes autour de son cou, adossée en haut, en bas, au milieu du mur, contre le mur, la tête en bas, les cheveux tirés. Je jouis en pensant à lui, à moi, à ce studio en travaux en entresol, en sous-sol, dans une cave. Je n'ai plus aucuns vêtements, que mes bas et mes talons. Il fait froid pourtant. J'ai ma poitrine, mon ventre contre le mur, les bras en l'air, les yeux fermés. Je n'y arrive pas. Je ne peux pas. Je me mets à pleurer. Il s'en aperçoit, arrête de me brusquer.

Ça ne va pas ? Je suis désolée, je n'y arrive pas. Il se retire. Non revenez, c'est pas ça, je n'arrive pas à me détacher, à faire l'amour sans ma tête, à faire l'amour sans sentiment, comme vous. Il me retourne pour m'embrasser mais pas sexuellement, il m'embrasse le visage avec une passion nouvelle, avec douceur. Tout ce que je ressens, je le sais, il le ressent aussi. Alors que je pleure, qu'il m'embrasse, je le reprends dans mon corps, dans mon âme. Je serais vraiment la pute la plus ridicule de l'histoire, celle qui partirait pour toujours avec son premier client.

Ça fait trois jours que nous sommes amants, trois jours que nous sommes collés l'un à l'autre, l'un dans l'autre, sans rien se promettre. Je l'attends dans une chambre d'hôtel. Il a cédé à mon caprice. Il ne voulait pas, il a des principes. On a trouvé un site pour louer des chambres pour quelques heures. Des vrais hôtels qui remplissent leurs étages de couples illégitimes pour deux, trois, quatre heures. On a créé une fausse adresse mail, un faux nom. On a sélectionné un hôtel pas loin de chez nous, mais à Paris quand même. On a la chambre de treize à quinze heures. Deux heures loin de tout, rien que pour nous. Il a un rendez-vous chez un client juste avant, il me retrouvera dès que possible. Je m'occupe de tout.

On est vendredi, et je suis seule pour le week-end. Il est parti voir ses parents. Un aller-retour de deux jours pour signer des papiers chez le notaire, une histoire de famille. Je ne voulais pas y aller, je n'y suis pas allée. Il revient dimanche. J'irai passer le week-end chez mes parents moi aussi, mais à Paris. Et entre-temps je suis libre.

Dans la matinée, après être passée à la boutique pour prendre mon café habituel et organiser notre escapade parisienne, je suis allée acheter de la lingerie, une nouvelle culotte, un nouveau soutien-gorge, comme il m'a dit les aimer. Je m'occupe de tout. J'ai acheté le champagne, du pain et du foie gras, deux éclairs, au café pour moi, au chocolat pour lui. J'ai pris deux verres dans ma cuisine et suis partie vers l'hôtel baskets aux pieds et escarpins cachés dans mon grand sac à main.

J'ai l'habitude des hôtels, des réceptions, des concierges. Je donne le nom de la réservation, mon nouveau nom, très français, très faux, mais notre nom à tous les deux.

Je règle, je prends la clé. C'est au cinquième étage, chambre 501 comme les jeans. Je lui envoie une photo de la clé, de la porte, de mon sac débordant, de mes jambes, de mes seins.

« Qu'est-ce que vous ne me faites pas faire » est sa réponse. Il arrive bientôt. N'ose pas entrer dans l'hôtel, ni passer devant le concierge. Il me parle au téléphone pour se donner du courage. Les rôles ont l'air de s'être inversés. Lui la sainte-nitouche et moi, la femme à hommes.

On fait l'amour trois fois, entre le champagne et les tartines de foie gras. On est en nage. Faire l'amour avec lui dure longtemps. Ce n'est pas tant les préliminaires, mais l'acte, uniquement l'acte. Il me pénètre sans pause, sans temps mort, sans débander pendant une heure. C'est sportif, physique, éreintant. Les préservatifs n'y survivent pas. L'un se casse en moi, l'autre s'éclate sur sa verge. Il se retire, en enfile un autre très vite pour ne pas perdre le rythme. Pourtant il a l'habitude, il sait bien les mettre, mais ils se désagrègent entre nous, nous laissant quelques secondes peau à peau, muqueuse contre muqueuse.

Je jouis deux fois, peut-être même trois. Je sais qu'au début je suis sur lui, je le regarde et je jouis tout de suite, au bout de quelques secondes, juste à le regarder, à me regarder sur lui. C'est étrange de jouir de la vue. L'orgasme pour moi est mental. L'acte en lui-même ne me procure que très peu de sensations, j'en suis presque frigide. Je dois me mettre dans une situation cérébrale, les va-et-vient ne servent presque à rien. Quand je fais l'amour, je ne m'imagine pas d'autres hommes, non, je m'excite sur des mises en scène érotiques. J'anticipe le déroulement, jusqu'à ce que je sois sur lui, sur ce corps. Une pute de luxe débutante, une secrétaire avide de pouvoir, une autostoppeuse dégourdie, une locataire débrouillarde. En fait, je me rejoue mentalement des scènes que j'ai vues petites, à la télé, le soir, sans le son, souvent cryptées, parfois même sans l'image, juste le titre. Des histoires qui me fascinaient, m'obsédaient, puisqu'elles m'étaient interdites.

Mais là, je n'en suis même pas à monter dans un camion, où à dactylographier une lettre pour mon patron, je regarde son torse et je disparais dans une petite mort. J'aime bien cette expression. C'est exactement ça. Ne plus faire partie des vivants pendant quelques secondes, se dilater à l'aide de l'autre dans un paradis sans aucun repère, aucune temporalité. C'est même plus long que ça. Faire l'amour est une transe, j'y perds toutes mes notions, tous mes sens. Les yeux fermés, je sais que je pousse beaucoup de cris, fais beaucoup de bruits et pourtant, je n'entends plus rien autour, tout devient silence, obscurité, je suis dans mon corps, dans ma tête et même au-delà, dans une petite mort.

Deux heures avec lui, alors que les femmes de chambres changent les draps salis des lits voisins, faisant semblant de ne pas entendre nos ébats en plein jour, de l'autre côté du mur de la chambre 501.

Quinze heures une. La réception nous rappelle à l'ordre. Nous descendons tout de suite. Il finit de jouir une dernière fois sur mon visage. Il fonce sous la douche, je le rejoints. Il n'a jamais pris de douche avec une autre femme que la sienne, moi non plus. On détale les cinq étages à pied avant de souhaiter une belle journée au concierge et de sortir les cheveux mouillés.

Il fait beau, presque chaud. Il doit partir à un rendez-vous, moi je rentre à pied, j'ai tout mon temps. Une petite demi-heure jusqu'à chez moi pour ranger mes bas, mes talons, mes verres à champagne et prendre une culotte ou deux de rechange.

Je rallume mon téléphone. Il est bien arrivé, et surtout mon grand-père s'est bien réveillé de son anesthésie générale avec une nouvelle bouche, inhumaine, plongeant directement dans son estomac. Deux heures égoïstes où j'ai eu peur qu'un homme de ma vie disparaisse dans une grande mort et qu'un autre rate son train et revienne à moi.

Il me sort de mes rêveries morbides. Il me propose un verre tout de suite, mais je suis déjà sous terre puisque, comme il l'a déjà oublié, je vais dormir chez mes parents. Et moi un jour mes cousins sont allés dormir chez ma grand-mère. Je rigole. Vous connaissez? Oui, bien sûr, toutes les répliques. Je pensais que vous étiez films d'auteurs ou en noir et blanc.

Oui, je le suis aussi, surtout le cinéma italien, surtout Fellini et même Sergio Leone. J'aime le cinéma, j'aime tous les cinémas, quand il y a une histoire ou pas d'histoire, quand on arrive à vivre pendant une, deux ou trois petites heures, des décennies, une vie, plusieurs vies qui ne sont pas les nôtres. Quand on s'oublie, qu'on se perd, le temps d'un film dans d'autres destins, d'autres émotions, hypnotisés, téléportés dans le monde d'un auteur, dans le son, dans les images, dans la beauté ou la laideur, dans les rires, l'effroi ou les larmes.

Pendant mon trajet, on refait tous les dialogues des films drôles qui ont bercés mon enfance, la sienne aussi, puisqu'on a presque le même âge. Mais je m'adapte vite, j'ai ce talent de me fondre dans la culture de l'autre. Ça ne m'a jamais posé de problème, n'a même pas soulevé de questions, de vivre dans ses références à lui, qui a une génération d'écart avec moi finalement. Je ne m'en rends pas compte, ça m'enrichi même. Aux *Chevaliers du Zodiaque* et à *Candy*, j'ai ajouté dans ma bibliothèque enfantine *Le Manège enchanté* et *Bonne Nuit les petits*.

On a le même humour, les mêmes références, il ne connaît pas encore bien Antonioni ou Herzog, mais bientôt il les connaîtra aussi.

«Je suis arrivée, je dois vous laisser, je suis en retard, je dois aller voir mon grand-père. Dites-lui bonjour de ma part. Je lui dirais avec le sourire que vous avez mis sur mon visage.»

Il est dix-neuf heures. Il me dit qu'il est là, sans savoir vraiment où je suis. Il veut juste me voir une dernière fois et m'embrasser. C'est un bon pisteur, je ne suis pas loin effectivement. Je lui indique une place qui le rapproche de moi et je vais me gaver une dernière fois de lui avant de retourner dans ma chambre d'adolescente que j'ai quittée à dix-huit ans.

Je n'ai pas dormi chez mes parents depuis des années, je n'ai pas été seule sans lui depuis des années. Une chambre figée dans le temps, même si elle s'est ornée de mes trophées d'exploratrice. Sur les murs sont exposés des objets rapportés de mes voyages. Ma mère a planté là une hache papoue, une coiffe Ladakhi, d'autres chapeaux du Pakistan, des bracelets, des flèches Akhali. Un cabinet de curiosités, une sorte de salle de torture si on ne me connaît pas, mon univers à moi, auquel j'ajoute un bouchon de champagne encore humide, encore vivant.

Mon il-légitime

Ça fait une semaine que je n'arrête pas de manger, de boire, de faire l'amour, et je suis toujours à mon poids idéal. Nous sommes le premier avril. Il est parti tôt ce matin. Il doit préparer un tournage sur la migration des zèbres au Botswana. Le départ est prévu dans quinze jours. Je ne vais pas y aller. Pour la première fois, je ne vais pas le suivre. J'ai pris la décision, ce week-end, ce dimanche après-midi alors qu'on se promenait vers Montmartre à la recherche d'un lieu où goûter. Les dates se chevauchent avec l'anniversaire de ma mère, celui de mon père aussi. On avait prévu de passer une semaine à New York chez mon frère. J'ai envie d'être en famille. En plus, je ne serai pas payée pour cette première partie de tournage. Le budget est limité. J'aurai fait ça gratuitement, bêtement, comme chaque fois. Logiquement, je l'accompagne partout, du moment qu'il y a un avion. Mon père m'appelle la valise, je le suis, parfois sans même savoir où je vais. Mais cette fois je n'irai pas. Je prétexte New York, mes parents, mes cours de bulgare, ma thèse, mon grand-père, mais la vraie raison, vous la connaissez aussi bien que moi.

Après le studio, après avoir déchiré un autre préservatif, on se retrouve face à un mojito en début d'après-midi. On est bien avec nos traces de plâtre sur nos vêtements, mon maquillage défait et ses morsures sur mes joues d'écureuil. J'ai attendu jusque maintenant pour lui poser deux questions qui se bousculent dans ma tête depuis la veille. Je commence légèrement par la première, qui pourrait presque passer pour une plaisanterie. J'étais celle de son mois de mars, et nous voici en avril, est ce qu'on arrête tout, ou est-ce que je suis promue aussi pour le mois d'avril ? Il est surpris de ma problématique, quasi administrative. Quelle idée ! Je ne savais pas qu'il fallait renouveler notre pacte le premier mardi du mois, je vais devoir négocier alors ! Disons qu'à chaque début de mois on devra raccorder nos violons. Disons que notre accord est tacitement reconductible. C'est-à-dire ? Qu'il se reporte d'un mois sur l'autre sauf modification d'une des deux parties. Je m'autoproclame déjà pour le mois d'avril alors, on verra si je suis printanière ou pas.

Et il y a autre chose. Je sais que c'est une demande déplacée de ma part, voilà, j'aime bien m'amuser avec vous, mais ça ne m'amuserait plus du tout si vous jouiez aussi avec d'autres que moi. Je sais que vous êtes marié et moi aussi, ça, c'est un fait, et on ne change rien à nos vies conjugales, mais s'il vous plait, par respect pour moi, ne couchez plus avec vos autres maîtresses, et dès que vous avez envie d'une autre femme, vous me le dites et c'est fini entre nous, mais que ce soit réglo. Vous me demandez d'être fidèle dans notre infidélité ? Je pense que de toute l'humanité on n'a jamais fait une demande aussi farfelue, mais comme on est tout le temps ensemble, hormis le soir, je ne vois pas comment je pourrais être avec quelqu'un d'autre, et pour vous dire la vérité pour l'instant je n'ai envie que de vous ; je peux vous poser une question moi aussi, pourquoi vous ne m'avez jamais appelé par mon prénom ?

Il a donc remarqué. C'est vrai je n'ai jamais prononcé son prénom, ni même écrit. Son prénom est très beau pourtant, avant lui je ne l'avais jamais entendu ni prononcé non plus. C'est sûrement absurde et complètement ridicule, de la superstition, mais tant que je ne l'aurai pas nommé, il n'existera pas réellement. « Au commencement était le verbe. » C'est pareil que le « vous » mais encore plus fort, il n'existe pas parce que je ne le nomme pas. Il me dit que je me prends pour Dieu. Pour le dieu de mon destin et de ma vie, oui. Pour l'instant il est mon silence, mon non-dit, mon plus beau silence, mon merveilleux non-dit.

Il n'existe pas. Et pourtant je peux voir les effets sur mon corps, sur ma tête, sur ma peau. Mon effet placebo. Depuis lui, je suis belle, je ne me gratte presque plus, je suis pétillante. C'est ce que j'entends depuis mon retour du Cambodge. Tu es étincelante, rayonnante. Ça vient de mes yeux, de mon sourire, de mon poids parfait, de mon attitude. J'ai repris le dessus sur lui. Je ne suis plus la femme inférieure, humiliée. Je suis la vengeance, la victoire contre moi-même, contre lui.

On est partis en week-end chez des amis, enfin des collègues, des camarades. Un week-end entre nous, comme un tournage sans tournage. Je ne sais pas si j'y suis en tant que membre de l'équipe depuis plus d'une décennie ou femme de. Eux non plus d'ailleurs. Le grand patron pour qui je travaille depuis mes débuts me demande même ce que je fais dans la vie. Ingénieure du son. Avec la musique, il m'entend mal et me répond : « Ingénieure du sang ?! » C'est dire s'il sait qui je suis. En même temps, on n'a jamais tourné ensemble. Je ne suis pas sur les plateaux, mais sur les sujets. Je ne suis pas avec la grande équipe mais la petite, la plus intéressante, la plus documentaire. C'est ce qu'il me donne comme excuse pour ne pas m'emmener. Ils sont nombreux, une vingtaine, toutes les places sont prises. Je les connais tous pourtant, ils sont mes amis, on se retrouve pour d'autres tournages, pour d'autres émissions, j'ai déjà travaillé avec tous, mais jamais dans la grande équipe.

La vraie raison, il me l'a dite : un cauchemar. Il a rêvé alors qu'il n'était pas encore avec moi, que je disparaissais avec son grand patron, nue derrière un rideau.

Il s'était réveillé en sueur dans le désert, entouré de pyramides sur un ancien cimetière. Un mauvais présage. Depuis, je n'y suis jamais allée, même mariée avec lui, même pour l'accompagner. Jamais. Sauf dans ces séminaires d'entreprise où le big boss n'aurait pas le temps de m'approcher. Chasse gardée. Même si pendant ces trois jours, tous me regardent et me découvrent autre, vivante, pétillante comme le champagne que je buvais avec lui dans cette chambre d'hôtel, comme celui qu'on boira à mon retour.

Lui aussi me trouve changée, il le dit, ça lui plaît ma petite effervescence. Depuis notre retour tout va bien entre nous. Rien n'a changé, rien ne change jamais. Sauf mon parfum. Pour masquer son odeur si marquante sur ma peau, mes vêtements, j'ai acheté le même parfum que lui. Il me va bien, on pourrait croire mon parfum pour de vrai, c'est ce que je lui laisse croire. On continue à faire l'amour, tous les jours, comme avant, peu importe ce qui nous arrive, on fait l'amour tous les jours, comme un rituel, comme une habitude plaisante. Je continue à lui faire l'amour alors que je me suis souillée toute la journée avec celui que je ne nomme pas. Je ne ressens pas de culpabilité, aucune mauvaise conscience, au contraire, je trouve notre relation plus juste, presque équitable. Je suis peut-être schizophrène, mais j'ai des principes. Lundi, c'est son anniversaire. Ce jour-là, je ne le tromperai pas. Une trêve, comme à la guerre. Une journée de répit dans les traîtrises. Je le lui dis, il comprend. Mais on peut quand même se voir cet après-midi ? Oui, après mes cours à la Sorbonne, je vais lui chercher un cadeau, et après on peut se rejoindre pour un goûter.

Un cadeau. Je n'ai aucune idée. J'arpente les allées du Bon Marché, le sous-sol pour les hommes, l'étage pour la déco. J'ai réservé ce matin une table étoilée. Un désistement de dernière minute, et ils m'ont rappelée pour confirmer, alors que j'étais déjà en train de lui trouver un remplacement dans ces restaurants où tout est réservé des mois à l'avance et surtout fermés le lundi.

Je lui ai acheté deux T-shirts et un bonnet chez un couturier anglais qu'il aime bien. Aucune inspiration. Il m'appelle. Il est en scooter, il doit aller chez un client dans le 15e avant de me retrouver. Je marche sans même plus regarder les objets qui m'entourent. Une possédée. Tout d'un coup, alors que je lui parle la tête penchée sur le côté, quelqu'un me tape sur l'épaule. C'est lui. Une surprise. J'étais en train de lui parler, de rigoler à ses bêtises et il apparaît tandis que j'arpente le rayon luminaires. C'est la première fois qu'on se retrouve dans une scène banale. Sans un lit, sans une assiette, sans un verre. On marche gênés, contents, on lui cherche un cadeau. Il me demande ses goûts, ses envies. Je lui dis qu'il aime les belles choses, que je lui ai appris à avoir du goût. Je trouve une lampe qu'il aime bien, elle ira très bien dans l'entrée. On dirait une sculpture, il va aimer, lui aussi aime bien. Elle est excessivement chère pour ce qu'elle est : un bout de métal noir recourbé sur un ruban de Led, mais on est au Bon Marché et je n'ai pas d'idée, et je l'achète avec mon amant, alors je suis généreuse.

On va goûter à côté, une table d'hôte belge, je lui avais promis, promis qu'on mangerait du cramique comme notre accent à nous. On parle avec la musique de la Flandre, on s'appelle Chouke, je lui raconte d'autres blagues. Je les apprends par cœur pour lui, je lui fais croire qu'elles se trouvent toutes dans ma tête depuis toujours alors que je les ai apprises la veille sur un site. Il commence à croire que je suis Belge et que lui aussi. Avant de rentrer avec mes cadeaux, je fais un crochet par sa boutique, on fait l'amour très vite, sans même le vouloir, sans même jouir car je me l'étais promis. Il me souhaite une bonne soirée, moi aussi.

Il adore son cadeau. Il met un de ses T-shirts et son nouveau bonnet, la lampe on l'installera plus tard. Il adore le dîner, le restaurant, le lieu, le menu. Je suis décidément une bonne épouse, aux petits soins. On parle du prochain tournage, de ce qu'il va faire sans moi, et moi, je pense à ce que je ferai sans lui, surtout les trois premiers jours, surtout à Paris, seule, enfin seule.

Ça y est. Je l'ai aidé à ranger les valises dans le coffre du taxi. Je lui ai dit au revoir de la main alors qu'il s'éloignait de ma vue en sens unique, à l'opposé de là où j'ai l'intention d'aller. Mais je n'irai pas tout de suite, déjà parce qu'il n'est même pas six heures du matin et qu'il doit encore dormir à côté de celle qui est toujours dans son lit, et que cette liberté de nous deux s'organise.

Aujourd'hui, je ne peux être à lui que de bonne heure. Je retrouve ensuite mes parents pour arranger leur terrasse, un ménage de printemps. On a prévu de repeindre tous les bacs à fleurs en blanc. Eux partent demain matin pour New York, je les rejoindrai deux jours après. Soixante-douze heures à moi seule, à Paris, à lui, comme une prévenue en salle de dégrisement avant de retrouver la vraie vie.

Il n'en sait rien, mais je lui prépare un petit déjeuner en tête à tête. Je vais à la boulangerie, dans le doute j'achète toutes les viennoiseries. Je ne connais que son appétit au déjeuner et au goûter. J'achète une bouteille de champagne aussi, des fraises, comme dans les films romantiques, comme dans un porno allemand des années soixante-dix avec un tapissier venu refaire les assises d'une femme infidèle en petite tenue et talons.

On a déjà fait l'amour chez moi, plusieurs fois. Chaque fois j'ai baissé la seule photo de nous dans le salon, sur la bibliothèque, la photo de notre mariage. Par respect pour lui qui venait dans mon antre, pour ne pas qu'il soit gêné face au maître des lieux, ou par respect pour lui sur la photo, que ses yeux de papiers brillants ne soient pas salis par la scène qui se joue hors de sa vue.

Cette fois aussi, je baisse la photo, mais je suis plus tranquille, libérée de la peur qu'il rentre à l'improviste alors que je me fais sodomiser au sous-sol. Il m'a appelée, il est dans l'avion. À moins que sa mise en scène soit très sophistiquée, je vais pouvoir me poser avec lui, prendre le temps comme à l'hôtel, une heure au moins, dans certaines pièces, pas toutes. Les chambres à l'étage, surtout la nôtre, sont interdites d'ébats non conjugaux. Mais l'entrée, le couloir, le salon, la salle à manger, la cave et la cuisine sont déjà marqués de notre empreinte.

Il n'a que très peu de temps, même pas une heure. Il doit retrouver sa femme à dix heures trente pour lui donner un papier qu'elle a oublié ce matin. Ça ne va pas fort entre eux, beaucoup de tensions, beaucoup de disputes, et il a déjà pris un petit déjeuner. Il est peut-être comme tous ces maris infidèles qui font croire à leur maîtresse qu'ils sont au bord du divorce, au bord du gouffre, et que seul leur amour et leur cul pourront leur donner la force de continuer et de s'en libérer.

Plus je l'écoute, plus je suis convaincue qu'il est infidèle malgré lui. Elle est perverse, leur relation, comme la mienne avec mon mari, bizarrement. C'est une femme peu sûre d'elle, mal dans sa peau, une personne toxique qui se nourrit des malheurs des autres, qui prend plaisir à écraser sournoisement n'importe quelle créature, et surtout lui. Elle aime le rabaisser, le rendre minable pour se sentir exister, elle pense peut-être que c'est comme ça qu'on garde le contrôle des autres, sur les êtres, sur les hommes, sur les choses. Un objet, voilà ce qu'il est voué à être dans son couple malsain.

Par amour illusoire pour cette femme qui le maltraite, ou par soumission inconsciente, il ne pense même pas à la quitter, alors il va voir ailleurs. Lui qui a été émasculé, il va se sentir homme dans les bras d'autres femmes, dans d'autres corps anonymes qu'il traite comme sa femme le traite, en objet. Un équilibre déséquilibré. Il pense ainsi contrebalancer son malheur en se vengeant secrètement pour sauver son couple, mort depuis si longtemps.

Il me parle de tout, des problèmes d'argent aussi. Je le conseille, lui donne mon avis, même sur le moyen de rattraper la situation avec elle. Moi en bas et combinaison dentelle, un verre de champagne à la main, des miettes de pain au chocolat sur mon menton et mon rouge à lèvre qui s'est dissous dans nos baisers matinaux. Il doit y aller, il n'a pas envie, il voudrait continuer à faire semblant avec moi, semblant d'avoir faim, semblant d'être là, avec moi.

Demain, on passera la journée ensemble. Je le suivrai de rendez-vous en rendez-vous à travers Paris, à l'arrière de son scooter alors que je ne suis encore jamais montée dessus. On ira chercher le cuir pour la fameuse tête de lit de mes parents qu'il doit confectionner, et il m'emmènera dans un restaurant secret. Moi, je la sais déjà, sa surprise, c'est un restaurant serbe. Un restaurant qui ne paye pas de mine, pas très loin de la tannerie, un restaurant français pour touristes japonais, coréens ou chinois selon l'arrivage, des touristes en bus avec un chauffeur serbe qui leur fait découvrir la délicatesse de la cuisine française contre compensation. Au milieu des escargots, cuisses de grenouille et autres particularités gustatives, se dissimule une carte serbe, véritable origine de ce restaurant caché. Et parmi les Asiatiques se régalant sur des nappes à carreaux, bercés par Maurice Chevalier et Édith Piaf, nous serons là, perdus dans une autre culture, et je découvrirai enfin de la nourriture presque bulgare, servi dans un presque restaurant serbe.

Mais on s'est promis que le lendemain, ma dernière journée avant de m'envoler encore un avion, nous la passerions ensemble dans ma chambre d'adolescente. Toute la journée au lit pour se gaver de nous. Je lui ai promis.

Mes parents sont venus me prendre en chemin. Je suis à l'arrière de la voiture entourée de lauriers et de jasmins, bercée par Elvis, la seule musique autorisée dans sa voiture, qui tourne en boucle avec les mêmes dix chansons depuis toujours. J'ai quinze ans, quatorze même, l'âge où l'on est encore content d'être avec ses parents, mais sans plus vraiment trop leur dire, trop leur montrer. Mon père conduit, mal, comme toujours, il n'a jamais vraiment passé son permis.

Elle sursaute, elle ne réagit presque plus, les yeux fermés par habitude et parce que jusque-là ils sont encore en vie tous les deux. En général, sa conduite m'exaspère, je le lui dis, il s'énerve, me rappelle que c'est lui qui m'a appris à conduire, et je lui rappelle aussi que depuis j'ai pris des cours avec des moniteurs et que j'ai un vrai permis. Mais là, je les observe, surtout lui qui n'a jamais su me dire qu'il m'aimait comme j'aurais voulu l'entendre de mes oreilles de petite fille, d'adolescente, de jeune femme et de femme en manque de père, en manque de preuves, en manque d'amour.

Quand j'étais petite, il était sévère, à l'ancienne, comme de la génération d'avant, d'après-guerre, et encore plus puisque originaire des Balkans.

De mémoire, je ne le voyais pas très souvent. Il rentrait tard le soir après le dîner, juste avant que j'aille me coucher ou juste après. Dans les souvenirs confus de mon enfance, je nous vois tous les deux, le dimanche matin, avec des croissants et des macarons au café, dans leur lit à regarder à la télé Tarzan, Mickey ou des dessins animés qu'il aime tant, et notre fameuse balade hebdomadaire en bas de chez nous. J'avais la tête baissée, les yeux rivés sur le sol à chercher des pièces de monnaies entre les crottes de chien. J'étais assez forte, je me prenais pour un cochon truffier et ne revenais jamais de promenade avec moins de dix francs, tombés des poches, sûrement trouées, de passants distraits. J'y ai cru longtemps à ma chance, à mon argent de poches trouées, jusqu'à ce que je le surprenne comme on surprend un père Noël sans sa barbe.

Il y avait mon frère, il savait donc déjà marcher, je devais avoir sept ou huit ans. Les passants distraits c'était lui, et les pièces ne tombaient pas de leurs poches, mais s'envolaient agilement de ses doigts jusqu'au ciel pour retomber quelques mètres plus loin, guidant ainsi notre chemin pour qu'on puisse croire à notre chance. Je crois toujours en ma chance, mais surtout aux évènements qui mettent les pièces sur mon chemin.

J'ai eu honte de lui, honte de sa réussite que j'admire aujourd'hui. Honte de ses cigares, des belles voitures, des belles vacances. Je mentais toujours un peu sur mes origines de fille de nabab des Balkans. Peur de faire trop riche, trop du 16e, des étiquettes qui ne me correspondaient pas mais qu'on me collait obligatoirement si je donnais la mauvaise définition de moi-même. Cette honte m'est restée encore aujourd'hui. C'est pour ça qu'il ne sait pas où je l'emmène samedi, dans ma chambre de jeune fille, en haut de ma tour, dans mon château, dans le royaume de mes parents, dans ma honte d'enfant. Demain, il découvrira une nouvelle facette de mon être schizophrénique. Non plus la Gitane, non plus la Bulgare à la recherche d'un riche mari français, non plus la thésarde française torturée sur le tard, non plus l'aventurière au casque et à la perche, mais la princesse aux parents ayant trop bien réussi.

Depuis l'adolescence, on ne se parlait plus trop. Il voulait que je fasse de grandes études, que je devienne chimiste ou physicienne, après quelques premières années pathétiques, je me suis mise à travailler, à voyager, et j'ai arrêté mon cursus universitaire. Une honte, j'étais en-dessous de tout pour lui. C'est pour ça que j'ai repris mes études, une doctorante trentenaire, pour une réflexion dans une dispute où il m'a traitée de moins que rien. C'est pour ça aussi que j'ai choisi ce sujet et ce pays, la Bulgarie, pour créer un lien avec cet homme presque autiste qui n'a jamais su me dire je t'aime. Cette thèse qu'il ne comprend pas, dont il se moque, pourquoi un sujet si inintéressant, sur ce pays sans intérêt, pourquoi ? J'essaye de comprendre, comme une quête spirituelle, ce qui l'a détruit : le communisme ? la solitude ? l'abandon ? et ce qui l'a rendu si fort, et si dur : le communisme ? la solitude ? l'abandon ? J'essaye de comprendre à travers ses silences et ses non-dits ce qui l'a cassé, abîmé, pourquoi il n'est pas comme les autres pères, les autres hommes, les autres humains. Qu'y a-t-il dans son passé, dans sa construction qui le rend si triste, si blessé, si fort, si inatteignable, si magique ? Pourquoi suis-je la seule à voir ça et à essayer de le réparer ? Pourquoi suis-je la seule à ne pas vraiment croire en ses histoires merveilleuses ? Pourquoi nous interdit-il d'aller dans son pays et pourquoi personne ne lui désobéit ? Pourquoi ça m'énerve tant de ne pas connaître la vérité derrière ses censures, ses histoires, ses mensonges ?

Mais là, sur la terrasse, avec nos rouleaux, nos bacs fissurés et la peinture qui dégouline partout, je suis à nouveau une fillette, mais sans la haine imbécile de l'ado, sans la noirceur d'une révoltée incomprise, j'ai les quinze ans d'une adulte. On rigole bien à travailler tous ensemble, à remettre du blanc, de la lumière sur des vieux pots. Je me suis habillée avec des vêtements oubliés dans ma chambre depuis mes dix-huit ans, et je lui envoie des photos de mon bonheur avec mes parents retrouvés.

Le soir en montant dans ma chambre, je le croise dans l'escalier, il me donne un billet vert, pour les deux jours avant de les retrouver. Sait-il, grâce à ses pouvoirs surnaturels, que durant ces deux jours je vais m'enivrer d'un homme interdit, d'un homme qu'il apprécierait sûrement beaucoup, puisqu'il est Serbe, que je l'emmènerai dans quelques heures dans ma chambre pour faire des choses qu'un père ne peut imaginer pour sa fille.

Ce billet, je l'ai d'abord toujours refusé, comme un affront, une provocation, mais je finissais par l'accepter à grand coup de négociation, jurant que je ne l'utiliserai jamais et qu'il resterait là, caché dans ma chambre comme dans un coffre sans clé, un trésor pour lui, pour nous, en temps de guerre, pour prendre des billets et partir au loin, très loin, pour fuir ensemble, pour aller vers.

Il me tend le billet, je le prends sans rien dire, le laissant là avec son air surpris, et quelques pas plus haut, alors que je sais qu'il peut m'entendre et qu'il n'a pas bougé, je lui réponds que moi aussi je l'aime.

Il fait beau, presque chaud, suffisamment pour ne pas être ridicule en robe sans manteau, sans veste. Je marche jusqu'à mon garage. Je fais attention à ma démarche pour ne pas trop sautiller, être presque désirable de dos. Je reçois un message. Maintenant, il n'est plus un inconnu, il est une lettre suivie d'un point. C'est une photo de moi, de dos, avec ma robe bleue à petit pois, suivie d'une légende : la princesse sauterelle et le tapissier. Et dire qu'il ne sait même pas où je l'emmène.

Il marche derrière moi, à quelques mètres de moi, comme un espion dans un mauvais film. C'était convenu, pour ne pas nous faire repérer dans ma rue. J'irai chercher ma voiture, lui continuera tout droit, sans changer le rythme de ses pas, et je le ferai monter dans mon carrosse au bout de la rue, presque en marche. Officiellement, on va chercher la tête de lit de mes parents. Ils sont au courant de son passage, ils l'ont même placée dans l'entrée ce matin avant de partir.

Il est intimidé, comme si j'allais lui dévoiler ma véritable identité. On s'arrête avant pour acheter du pain, du saumon, du champagne. C'est moi qui paye, avec le billet de mon père. On roule jusque chez mes parents.

Il m'a suivie sans rien dire, comme un visiteur suivrait un conférencier. Impressionné par les œuvres et le discours fluide et pointilleux de sa guide. Pourtant, je ne dis presque rien. Il a vu les deux fauteuils posés sur le marbre de l'entrée, en vrai, il a vu la tête de lit qui l'attendait, les deux étages jusqu'à ma chambre. Il n'a rien dit avant de me prendre pour la première fois, comme pour s'assurer que j'étais bien réelle dans ma tour de conte de fées, comme pour s'assurer que j'étais bien à lui dans cette étreinte et même au-delà.

Il se sent bien, tellement bien qu'il s'endort tout de suite après, encore en moi. Je n'ai pas honte de lui montrer d'où je viens, même si ce n'est pas son monde, il me connaît bien plus que ça. On boit dans les verres, qui servent d'habitude pour Noël en famille. On s'enivre l'un de l'autre dans notre bulle, entre les murs silencieux de ma chambre, les rideaux tirés, à l'abri.

Allongés, haletants, on refait l'amour. Les yeux fermés face à mon oreiller, je murmure ce que je ne devrais même pas penser – « Mon amour » – je ne sais pas s'il entend cet appel noyé dans mon souffle qui lui est peut-être destiné, j'espère que non, je l'ai dit tellement bas que je ne l'ai pas vraiment entendu moi-même. La fine couche de latex, la seule qui nous sépare claque encore une fois. Il ressort rougi de moi. Je commence à avoir mes règles.

Je vais devoir téléphoner à ma gynéco pour lui annoncer mon nouveau cycle. Ce mois-ci, tout est programmé, même les rendez-vous chez un échographe à New York, même les piqûres à acheter là-bas avec une ordonnance traduite en anglais. Je lui demande si ça ne lui fait pas bizarre de savoir que je risque de tomber enceinte dans quatorze jours. Il me dit qu'il n'a pas le droit de me répondre, que ça ne regarde que moi. J'insiste pour me compliquer encore plus la vie. Bien sûr que je trouve que c'est une connerie, je dirais même plus que c'est à moi de vous le faire cet enfant, mais on n'a pas le droit de dire ces choses-là, surtout quand ça ne fait même pas un mois, surtout quand on est mariés à d'autres personnes.

Je me cache sous l'oreiller. C'est ce que je voulais entendre, alors je m'écrase les oreilles pour ne plus rien écouter, pour que ses mots restent encore un peu dans ma tête malade. Je ne réponds rien, je l'embrasse et on refait l'amour à en avoir mal. Plus rien n'a d'importance. On se mélange dans mon sang, dans nos désirs, il jouit en moi comme s'il venait de se reproduire, sans préservatif, moi ce corps sans droit de reproduction, au moment le plus infertile de mon cycle. Il m'ensemence comme une terre brûlée qui serait enfin prête à recevoir la vie.

Je décolle loin de ce champ de bataille, loin de ce lit souillé et de nos amours illusoires. Je suis dans l'avion et, depuis que je les ai déposés, lui et la tête de lit, je suis seule avec ce vide abject.

Il est tôt, très tôt même pour lui qui se réveille toujours aux aurores, encore plus un dimanche matin. Je suis côté hublot. Je déteste y être, j'ai l'impression qu'en cas de crash je ne pourrais jamais sortir, mais je n'ai pas eu le courage de changer ma place lors de l'enregistrement.

Je regarde dehors et je cherche sa maison, son toit, son jardin, qui s'éloignent de moi. J'ai mal au cœur, mais pas celui des transports et des sacs à vomi, j'ai tellement mal parce que, pour la première fois, il bat. Je pleure parce que je me trouve tellement ridicule de découvrir à trente-trois ans ce que c'est d'avoir mal au cœur dans l'avion alors que je m'éloigne du seul point où je voudrais être, ma chambre de jeune fille, avec lui, ses baisers, ses découvertes, cette douleur, cette douce douleur que je ne veux pas nommer qui, comme lui, ne devrait pas exister.

Mon il-lumination

Je viens d'ouvrir la vitre, un peu, juste ce qu'il faut pour reprendre mon souffle sans avoir les oreilles qui bourdonnent à cause de l'appel d'air. J'ai toujours détesté les taxis new-yorkais, leur conduite molle, le manque de visibilité avec tous ces plastiques qui bouchent la vue. Maintenant, avec leurs écrans qui diffusent des infos et des pubs en continu, je suis comme hypnotisée et commence à avoir envie de vomir alors que les gratte-ciel et les ponts se devinent au loin. J'y suis presque. J'ai les yeux rougis par la pressurisation de l'avion, par les huit heures de films visionnés à la suite, et par les larmes qui ont coulé, un peu, à cause de lui, des films. Je suis toujours très émotive en avion.

Je sors vite le sac à vomi que j'ai piqué, à bord, comme chaque fois. Je le sors au cas où, mais je sais que je vais encore tenir quelques minutes, je relis même ce que j'ai écrit dessus. Une vieille habitude, un vieux tic depuis que je sais écrire en plein vol sur ces sacs sans les remplir. Ils m'inspirent toujours.

« Mon amour.

Ces mots m'ont échappé hier dans tes bras, toi en moi, nous liant ainsi dans une éternité éphémère.

Nous nous connaissons à peine, nous détestons sans contrainte, mais nos âmes, se seraient-elles jointes pour ne plus vouloir se séparer ?

Petite, j'avais écrit cette maxime : la passion est une folie du destin. Elle ne prend vraiment son sens que depuis l'instant où ton regard a découvert mon sourire.

Nous sommes maudits, interdits, irréels, nous n'existons et ne devons exister qu'à travers nous, dans notre délicieux égoïsme. »

Ça fait un peu gnangnan cette déclaration. Je garderai ce sac à vomi griffonné pour moi, si je ne rends pas dedans mon poulet aux champignons à la crème. J'essaye de me projeter dans ma future journée pour ne pas penser au manque et à toutes ces émotions qui me traversent de plus en plus depuis lui. Je suis dans un autre espace-temps. Lui est en fin de journée un dimanche, dans une vie parallèle à la mienne, qui ne suis même pas encore à l'heure de déjeuner dans une ville qui ne dort jamais comme on dit et où les dimanches sont aussi joyeux qu'un samedi à Paris.

J'ai rendez-vous avec mes parents et mon frère au restaurant. Je ne l'ai pas vu depuis Noël, la dernière fois que je suis venue ici en fait. Un Noël à New York chez mon frère avec mes parents, lui et ses enfants, mes beaux-enfants, qui habitent aussi aux États-Unis, c'était un bon compromis même si mes grands-parents étaient restés seuls en France.

On a une belle relation tous les deux maintenant. Je savais qu'on s'entendrait bien un jour, c'est arrivé il n'y a pas si longtemps, quelques années, depuis qu'il a trouvé la force d'être lui-même, sans ses démons, sans les interdits qu'il s'était imposé seul. Il a des tares aussi, comme moi, mais il les traite à sa manière. Il s'est enfin autorisé à être différent, un artiste, un saltimbanque, comme moi. Ça fait deux ans qu'il est à New York, il fait un master en cinéma, en réalisation. Moi je cherche des réponses dans les racines, dans les silences, lui dans la vie rêvée et hypothétique de mon père, celle qu'il n'a pas réalisée : faire du cinéma et vivre au pays d'Elvis. Chacun sa technique.

C'est mon petit frère, cinq ans de moins. Jusqu'à l'adolescence, la mienne, on était comme frère et sœur, à jouer, s'engueuler, être ensemble. À l'adolescence, la sienne, on ne se parlait plus, on s'ignorait totalement, se croisant sans regards dans le couloir menant à la salle de bain.

On va dire que son adolescence a duré longtemps, jusqu'à ce qu'il s'échappe de lui en déménageant loin,

loin de son père trop fort, trop écrasant pour qu'il puisse exister, même si rien n'a été dit, peut-être même pensé.

Depuis qu'il est presque heureux, ça va mieux entre nous, je m'en fais un peu moins pour lui, je me sens plus légère, moins mère de mon frère. Il a même travaillé sur des tournages avec nous, avec moi. Notre relation est belle et drôle. On rigole beaucoup pour un rien, en partant ensemble dans la même folie des mots, des images.

C'est un peu incestueux, mais il me fait beaucoup penser à mon frère. Je n'ai jamais autant ri qu'avec mon frère. Il s'entendrait bien avec lui, avec mes parents aussi, à cette table qui m'attend, il serait un des nôtres, il serait ma famille à la perfection. Si ça se trouve, c'est un cousin presque germain du côté de mon père quand il n'y avait pas encore de frontière, ou pire un enfant naturel caché, une histoire que mon père aurait eue avec une belle Serbe il y a quarante ans, avant nous, comme dans un mauvais film avec trop de coïncidences.

Ils sont devant moi, je les vois à table à m'attendre tout près de la baie vitrée qui a disparu. Il fait beau, très beau, et il n'y a plus vraiment de différence entre l'intérieur et l'extérieur, peut-être un peu plus de vent et de frais dedans à cause de la climatisation. Leurs verres sont presque vides, comme la bouteille. Il doit y rester un verre à verser, le mien, ils savent bien attendre avec une pizza à partager, une part restante, la mienne aussi.

Je sors enfin de mon taxi jaune vomi. Je ne suis pas du tout en état de déjeuner une deuxième fois, mais j'adore ce restaurant, très petit, très italien, très new-yorkais. Si on ne s'attardait pas sur mon visage blanc vert, on pourrait croire que je viens d'un rendez-vous business, ou de la salle de sport avec mon sac à l'épaule, mon sac de week-end. Personne ne peut soupçonner que je débarque de France avec sept tenues différentes pour notre séjour dans un si petit cabas. J'espère bien revenir avec une autre valise pleine de lingerie comme il aime, et des bas aussi, peut-être même des chaussures. Ne pas penser à lui, à hier, à nous, à notre enfant, à tout ce qu'on s'est presque dit. Ne pas penser que je ne peux pas le joindre, comme un dimanche, que ça fait terriblement mal, de plus en plus chaque jour, à ne plus pouvoir vraiment respirer quand il n'est pas là, à manquer d'air, ne plus pouvoir se concentrer sur rien d'autre que ce rien entre nous, qui n'existons pas vraiment. Ne pas penser que lui peut-être, en ce dimanche, a retrouvé sa femme et la raison. Ne rien laisser transparaitre de ce qu'est ma vie, mon désastre de vie, en ce moment. Sourire, manger une part de pizza froide noyée dans du vin bien frais, écouter les histoires de jeunesse de mon père, parler de mon voyage, des films que j'ai vus, les derniers à l'écran, ceux qu'on n'irait jamais voir au cinéma, mais qu'on s'autorise dans l'avion parce que l'écran est petit, tout petit, alors c'est moins grave d'aimer un navet sentimental à onze mille mètres d'altitude.

Quand ils parlent je ne les écoute pas, je me ressasse un texte dans ma tête que je ne leur dirai jamais, surtout pas maintenant, surtout pas à table, pendant nos retrouvailles familiales, à quatre, seulement nous. Surtout pas, car il ne m'a rien dit encore, et moi non plus, surtout pas ce malheur qui me rend heureuse face à eux, alors je souris un peu moins pour ne pas leur faire peur, pour leur faire croire que mon bonheur c'est eux.

Ils m'attendent en bas, le temps de déposer mes affaires dans ma chambre, une belle chambre d'hôtel rien qu'à moi au 36e étage avec une vue sur l'Upper East Side. Elle est désuète, à l'ancienne, comme dans ces buildings Art déco qui n'ont pas encore été rénovés, à la limite du chic et du vieillot. Mais ce palace tient encore bon, pour quelques années encore, peut-être. J'en profite pour me remaquiller, pour avoir l'air un peu plus vivante. Je l'appelle pour lui dire que je suis bien arrivée et savoir si tout se passe bien en Afrique du Sud. Tout va bien, tout se passe bien, c'est très sympa et beau là-bas, tu aurais aimé. Sûrement. En plus je ne connais pas ce coin. Avec lui et son double, sans moi, mais avec l'assistante sur place, Nicola, une fille déguisée sous un prénom d'homme. Ils sont trois là-bas, et moi je suis en train d'attendre l'ascenseur, toujours long à arriver. Dans cette cabine qui me ramène sur terre, je raccroche vite, ça va sûrement couper. Enfin c'est ce que je dis. Vers le 32e étage, alors que j'accueille de nouveaux occupants, un couple d'Allemands, je reçois un message. Sans points, sans attente de suspension. Un message écrit à la va-vite, à la volée des regards, de celui de sa femme qui doit le coller comme un dimanche soir. Peut-être qu'elle est partie jeter les poubelles ou promener le chien, ou peut-être que c'est lui qui accomplit ces tâches ingrates, et qu'il en a profité pour m'écrire ces quelques mots, qui, les uns à côtés des autres prennent tout leur sens.

« Personne ne m'a jamais manqué comme vous me manquez depuis hier. C'est insupportable. À demain. Stop. »

Je bénis cet ascenseur plaqué bois de 1931 de s'arrêter à tous les étages, et me permettre ainsi de redescendre, moi aussi. C'est exactement ça, c'est insupportable, et demain on se dira à quel point nous sommes insupportables.

On marche toute la journée, comme hier, comme demain sûrement. À New York, tout se fait à pied, l'activité, c'est de marcher, la récompense, bien manger. On se balade de quartier en quartier avec pour objectif un bon restaurant le midi, un autre le soir. Moi, ça ne me change pas de mes habitudes, ma mère non plus d'ailleurs, mais lui, qui ne fait pas plus de dix pas par jour, se métamorphose sur les dalles de Broadway ou de la Cinquième Avenue. C'est peut-être pour ça qu'il vient à New York au moins quatre fois par an. Ce n'est pas pour voir son fils, ni même son dentiste ou ses amis, mais pour le plaisir inavoué de marcher du Nord au Sud, d'Est en Ouest, dans cette grille structurée, dans la cacophonie des sirènes et des taxis, des fumées de stands de hotdogs ambulants et des bouches d'aération.

C'est son anniversaire aujourd'hui, vingt-cinq ans de plus que moi à quelques mois près. J'ai son cadeau dans mon sac depuis Paris, un collier comme elle les aime, comme elle les porte, majestueux, élégant.

On s'est couchés tôt hier avec le décalage horaire, mais je n'ai pas assez dormi, ou plutôt je me suis réveillée très tôt, à neuf heures du matin, heure de Paris, trois heures pour moi dans ma Pomme. Il a été mon doux réveil, mon rêve éveillé. Dès qu'il est sorti de chez lui il m'a appelé, il voulait me dire que quelque chose n'allait pas. Ce n'était pas nous, mais tout le reste. Tout le reste était faux, injuste. Maintenant que j'étais dans ses oreilles, dans son casque, que je résonnais tout autour de lui, il pouvait se calmer, respirer à nouveau après toutes ces heures en apnée.

On a passé six heures comme ça, collés à la voix de l'autre, avec quatre ou cinq Facetime entre pour se coller encore plus à la réalité. On fait l'amour aussi, à distance, avec les mots de l'autre, avec nos mains à nous, dès qu'il le peut dans son lundi. Je ne suis pas folle, ou plutôt nous le sommes tous les deux, en même temps, à la même intensité, avec le même refus de se le dire vraiment, pas avec des mots, pas maintenant. J'attends qu'il soit le premier, je le suivrai dans son délire.

À neuf heures je les retrouve pour le petit déjeuner. Un grand café, un bagel au saumon et à la crème, des fraises. Un repas bien complet pour marcher de la 57th à Wall Street. On retrouvera mon frère au milieu, vers Chelsea où il habite, pour le déjeuner. Il a cours ce matin, mais l'après-midi on cuvera notre vin de Californie ensemble. On est au summum de notre ambiance familiale.

On lui offre ses cadeaux, on chante joyeux anniversaire en anglais avec les serveurs et les autres clients, elle est heureuse. C'est drôle. On se moque gentiment de tout le monde, de nous, de ma couleur de cheveux. Je suis blonde, blond cendré, blond foncé soit, mais pour mon père je suis brune, noire. En couleur, il n'a aucune nuance. Pour lui, soit on est blond platine façon Marilyn, soit noir. Vers la 34th, il a enfin trouvé ma teinte, je suis tronc d'arbre. D'un arbre inconnu en Europe, en tout cas inconnu de moi. Il fait des photos de mes cheveux accolés au tronc marron caca d'oie. Je dois reconnaître qu'il a trouvé le bon panel : j'ai les cheveux tronc caca d'oie d'arbre inconnu.

Mon bonheur est encore boosté par ses mots qui remplissent la poche de mon trench léger. Des mots de plus en plus brefs, de plus en plus confus, de plus en plus en serbe, de plus en plus sombres.

Il est trois heures, ma mère et moi sommes dans un magasin de chaussures à Wall Street, ils sont à un autre étage à se balader. Il est parti à la salle de sport juste pour pouvoir m'écrire encore et être seul avec moi. Il ne pourra pas finir cette journée sans me l'avoir dit. Déjà, tout à l'heure, j'ai connu un incident diplomatique, un problème de traduction entre le serbe et le bulgare, ces faux amis qui n'ont pas arrêté de se faire la guerre et ne se sont pas mis d'accord sur la signification de leurs mots. Je reçois «*ljubim vas*», *lioubov* étant amour pour mon père et embrasser pour lui, avouez que ça prête à confusion. Mon cœur s'était emballé jusqu'à ce que je découvre la signification via Google translate : «je vous embrasse».

Alors qu'il pousse de la fonte avec ses pieds pour faire travailler ses cuisses, ses fessiers et ses genoux, il m'écrit dans la plus grande douleur que je suis entrée dans sa vie, dans son corps, dans son cœur, et qu'il sait qu'il ne pourra jamais m'en déloger, s'en libérer, j'y ai une place infinie, comme ce qu'il ressent pour moi.

Je ne réponds pas.

«V.... vas»

Il me demande si je saurai remplir les petits points, un de plus que ma réponse du matin. Je lui dis que mon traducteur serbe est aussi fou que lui et que le moindre décodage se finit par la même expression insensée. Ça serait O..... vas en bulgare, et J. . ...e en français, de vrais mots croisés dignes de Michel Laclos. Je lui demande si ça correspondrait. Il m'appelle tout de suite alors que j'attends des chaussures à ma taille. Je m'éloigne de ma mère, pieds nus. Il me dit juste «Alors ?» comme s'il attendait que je lui annonce la mort de quelqu'un, de l'humanité entière, de nos vies. Je lui dis que depuis le premier jour on pense pareil, au même moment, comme s'il était mon double, comme si on n'était qu'une seule et même personne, alors si c'est une question, la réponse est sûrement moi aussi.

«Je vous aime.» Jamais je n'avais entendu autant de souffrance s'échapper de ces trois syllabes, ces trois-là précisément. Il venait de prononcer notre sentence irrévocable. Ce n'était pas une déclaration d'amour, c'était une conclusion dramatique, des mots qui demandaient une action, un changement, cela signifiait la mort d'avant, de nos vies avant nous deux.

Je n'ai pu que lui répondre : «C'est terrible, affreusement terrible, je vous aime aussi». Je lui dis que c'est très beau, qu'il ne faut pas que ça nous rende malheureux, au contraire. Il doit y aller, il voulait juste ne plus porter ce poids tout seul. On est tous les deux alors, ça me fait très peur, mais je suis heureuse de partager ce malheur avec lui. On reparlera de tout ça dans quelques heures.

Ma mère me regarde de loin, ça doit faire un moment qu'elle m'observe car elle a l'air inquiète. C'est vrai que j'ai l'air grave, tourmentée, heureuse aussi. Je lui dirai qu'il m'appelait d'Afrique, qu'ils ont eu un problème de son et qu'il avait besoin de mon aide à distance. Mes chaussures sont arrivées depuis longtemps. Je les essaye. Elles sont très belles, et à moins cinquante pourcent. La vendeuse me demande si tout va bien. « *Yes, thank you, I'll take them, I love them.* » Mais je l'aime aussi lui, surtout lui.

On marche dans Central Park toutes les deux. On revient d'une exposition au musée Guggenheim. Depuis ce matin je veux parler à ma mère, lui crier mon amour passionnel. C'est lui qui a insisté. Je pense que toute seule j'aurai gardé mon secret caché en moi. Toute la nuit, on a parlé, de ce qu'on devrait faire, comment le faire. Il est perdu, moi aussi. Est-ce qu'on le dit maintenant ? À sa femme ? À mon mari ? À ses enfants ? Aux presque miens ? Où on irait vivre ? De quoi ? Je lui dis que tout est trop tôt, trop soudain. Même pas deux mois qu'on se connaît, même pas un qu'on est faussement ensemble. On doit profiter de nous, de notre amour tous les deux sans personne, voir si c'est une folie, une passion, ou pire, une raison.

Il me dit que je dois en parler à ma mère, qu'elle pourra nous aider. Nous sommes ensemble depuis le petit déjeuner et je n'arrive pas à lancer les premiers mots d'accroche.

C'est simple, comme un suicide, on sort une phrase, surtout qu'elle n'arrête pas de me demander si ça va et de lâcher mon téléphone. Non, ça ne va pas. Et même si on hésite après, il est trop tard, on est obligé d'expliquer quelque chose, soit n'importe quoi pour se dérober, soit le texte préparé depuis trop longtemps et qui sonne presque faux.

Ça va ? Non ça ne va pas. On n'est pas loin d'Olympic Circus, des calèches sont garées un peu partout. Je le répète une deuxième fois pour bien marquer cet instant et ma future tirade. Elle me coupe tout de suite pour aller à l'essentiel : si je n'ai rien, si je ne suis pas malade. Je n'ai rien de grave, rien de vital, mais il m'arrive quelque chose d'affreux, je suis tombée amoureuse, et c'est pire que tout. Elle réagit comme si j'avais une maladie incurable. Elle veut savoir qui est le coupable, cite tous les prénoms de mes ex, me demande s'il est au courant. Un vrai opéra italien. Je la rassure sur certains points, l'effraie sur beaucoup d'autres. « Le tapissier. C'est pas possible. Le tapissier. Dire que c'est à cause de moi ! De mes deux très beaux fauteuils ! Et de la tête de lit ! Non, ce n'est pas possible. »

Et si pourtant, je lui raconte, j'en tremble, elle aussi. On ne sait pas quoi faire, il a insisté pour qu'elle nous vienne en aide, ma mère, ma maman, qui devient contre son gré ma confidente. Elle ne doit le dire à personne, même pas à son mari, même pas à mon père, eux qui se disent tout.

Elle me demande si c'est sérieux. Ça fait mal, très mal, une douleur que je n'avais jamais ressentie. On pourrait être n'importe où en ce moment, le décor est secondaire, entre les murs blancs et molletonnés d'un asile, dans une salle d'interrogatoire, le long du Gange, mais on est en face de la boutique Apple, dans la ville que l'on nomme la Grosse Pomme, une pomme mordue, empoisonnée, comme celle de Blanche-Neige, d'Ève, d'Alan Turing, le fruit défendu qui me possède un peu plus chaque jour.

Tout d'abord il faut attendre, on ne décide pas de changer de vie sur un coup de tête. Il faut attendre pour pouvoir choisir la meilleure voie possible. Se laisser six mois, un an, le temps que les sentiments se stabilisent. Ai-je pensé à mon travail, à ma maison, à ma vie, aux enfants, à mes beaux-enfants, aux siens ? Il ne faut pas être égoïste. Si je le quitte ça ne doit pas être une crise d'adolescence, mais une décision d'adulte, d'adultère. Et comment je fais pour l'insémination ? J'ai rendez-vous demain pour une échographie, j'ai déjà acheté les piqûres. Je dois tout arrêter, tout mettre en pause le temps que je me ressaisisse. Je dois tout annuler, tout de suite, ce serait dramatique.

J'écoute ses conseils, à elle que je crois fidèle, je demande si ça lui est déjà arrivé. Oui. Avant mon père, elle était avec quelqu'un, quelqu'un comme il faut, comme il faut pour sa famille. Elle l'aimait aussi, il était blond, les yeux bleus, de bonne famille, comme elle, des bourgeois du Nord, des connaissances, des amis d'une génération sur l'autre. Mais elle avait dix-neuf ans, on était en soixante-quinze, les années de l'insouciance, de la liberté aussi, même s'il y avait des guerres, des froides, des chaudes, des murs. Elle n'avait pas prévu de rester fidèle pendant ces vacances avec ses parents, ses cousins, ses amis du Nord, venus se réchauffer dans le midi. Elle l'a rencontré par hasard, sur une plage, à Saint-Tropez, lui, un Bulgare venu passer ses dernières vacances en Europe de l'Ouest, espérant croiser Brigitte Bardot, un réfugié politique ayant tout quitté pour la liberté. Il avait onze ans de plus qu'elle, ne parlait pas le français, pas vraiment l'anglais non plus. Elle a tout quitté en quelques jours, en quelques heures. Tous ses principes, sa vie toute tracée, son beau mariage avec des invités tous blonds ou décolorés, sa belle maison bourgeoise, ses enfants blond platine et non tronc d'arbre. Elle l'aurait suivi partout par folie, elle l'a suivi à Paris et partout ailleurs, contre les recommandations de tous ceux qui ne voulaient pas de ce sans-papier, sans famille, sans argent, cet immigré de l'autre côté du Mur, peut-être un communiste, peut-être un espion, en pleine traite des blanches. Elle a tout quitté, elle l'a quitté aussi, ce blondinet qui ne s'en est jamais remis, qui s'est tué pour cet affront, un mot suspendu à son pied qui se balançait encore à cause du vent, un mot qui la rendait responsable.

Oui, ça lui est déjà arrivé, mais il faut attendre un peu, plus qu'elle, pour ne pas voir des pieds au niveau des yeux lever des orteils accusateurs vers une décision hâtive.

J'annule mon rendez-vous dans un centre privé non remboursé par la Sécurité sociale française, des économies en perspective. Je laisserai mes piqûres dans le minibar et m'achèterai, en plus de la lingerie, un sac isotherme pour le voyage de retour.

Je lui dis tout ça dans la nuit jusqu'au petit matin. Qu'on va patienter avant de prendre n'importe quelle décision. On fixe le premier avril prochain. Ce jour-là, peu importe notre choix, ça sera un peu moins sérieux. Presque une année dans ce flou, une année où on sera tous les deux, avec nos moitiés, une sorte de ménage à quatre malgré eux, mais on sera tous les deux quand même.

Entre-temps, j'arrête tout, je me mets en pause, moi, mon utérus malade et mon mal d'enfant. On verra bien qui sera le père. Demain, je prendrai rendez-vous avec ma gynéco pour tout lui raconter, elle sera mon autre confidente. À part elle et ma mère, personne ne saura rien, nous n'existerons qu'à partir du premier avril, ou jamais. Une année de césure pour faire le point et voir si je quitte tout ce que j'ai construit vers un chemin inconnu ou si je reste sur mes beaux pavés, un mari, une maison, un travail. Ou rien du tout. On verra. Pour l'instant je prends tout, je vais vivre en équilibre jusqu'à perdre pied d'un côté ou de l'autre.

Mon il-lisible

On frappe à ma porte. Il est sept heures. Je lui dis que je dois raccrocher, que je sens arriver une mauvaise nouvelle, quelque chose de grave, que je le rappelle.

Elle a frappé doucement la première fois, comme pour ne pas me déranger. Elle a frappé un peu plus fort la seconde fois, plus longtemps. Je fais semblant de me réveiller, de toute façon j'ai les yeux éclatés de fatigue. Elle a pleuré, elle pleure encore. C'est papy. Pas besoin d'en dire plus. Elle me prend dans ses bras. Je pleure aussi parce que c'est comme ça, on ne peut pas ne pas pleurer. Mais j'ai déjà beaucoup pleuré pour lui avant. Il est parti dans son sommeil, il ne souffre plus, il peut enfin bouger, sortir de son corps, de sa carcasse qui l'étouffait, inerte. Et ma grand-mère ? C'est surtout pour elle que je m'inquiète, elle est toute seule, abandonnée. Mais non, elle va bien, elle est avec l'infirmière à la maison, tout va bien.

C'est toujours elle qui m'annonce la mort des gens. En frappant à ma porte. Elle sait que j'ai trop peur du téléphone la nuit, alors elle se déplace. Si on nous appelle en pleine nuit, c'est pour nous annoncer la mort de quelqu'un, pourquoi appeler sinon ? J'ai une phobie des appels nocturnes, même matinaux, elle le sait bien que je laisse toujours mon téléphone allumé, au cas où. Alors elle frappe, toujours doucement au début comme pour adoucir la nouvelle, la douleur, la sienne, la mienne.

Ça y est, cette fois il est vraiment mort. Je m'étais dit la même chose pour mon oncle. J'étais nue en face de ma mère, cette fois, je porte une culotte. C'était l'été dernier, en août, dans notre maison dans le Sud. Il était huit heures du matin, ma mère avait patienté ce qu'il fallait pour me permettre de finir ma nuit. Huit heures et je sors en sueur d'un rêve où un chien, puis son maître, viennent de sauter dans le vide à la poursuite d'un voleur dans notre maison de vacances où je dors à cet instant même. Ils s'écrasent au pied de la falaise, de notre nid d'aigle perché sur un rocher. Trois morts gisant cinquante mètres plus bas, et je les regarde impuissante. Mon cœur se met à battre au rythme des poings de ma mère sur la porte fermée à double tour par peur des intrus nocturnes, des morts qu'on ne m'annonce plus par téléphone.

Il était condamné. Depuis longtemps, trop longtemps. Mon oncle, mon seul oncle bulgare réfugié en Allemagne de l'Ouest, mon oncle allemand, le frère de mon père, son grand frère, sa seule famille. Ça faisait un an qu'il se battait contre ses poumons avec des lasers. La dernière fois que je l'ai vu, il avait changé de couleur, de forme, comme un fruit abandonné, trop mûr, pourri. Je n'y croyais plus à son traitement, à sa guérison, à lui. Cette dernière fois, devant moi, avec son sourire tabagique et sa langue que je ne comprenais pas encore, il n'y croyait plus lui non plus, mais on a fait semblant. C'était pour lui surtout que j'avais voulu apprendre le bulgare, pour enfin parler avec cet homme qui devait être drôle et plein d'histoires, si je l'avais compris. On a toujours communiqué pourtant – comme avec mon grand-père en fait – par habitude de parler dans notre charabia à nous, avec un peu de français, d'allemand, d'anglais et des gestes, jamais de verbes conjugués, ni même d'articles, et je tentais d'intégrer un peu de bulgare, un peu plus chaque fois, pas assez selon lui, mais suffisamment pour que je comprenne ce qu'il disait de moi à mon père, qu'il ne pouvait pas parler avec moi, que je ne comprenais rien, que j'étais une catastrophe. Je ne lui ai plus jamais parlé.

On est tous partis en Allemagne pour l'enterrement, enfin le pré-enterrement, le sacrement plutôt. Même à cette occasion, mon père n'a pas voulu retourner dans son pays, même pour y enterrer son frère. C'est lui qui a tout organisé, même le rapatriement du corps en Bulgarie dans le caveau familial à côté de leurs parents. Il n'avait pas pu enterrer ses parents non plus, il ne les a vus que vivants, alors quand il s'est approché de son frère, dans ce cercueil ouvert, il a enterré toute sa famille d'un coup.

Je n'avais jamais vu mon père pleurer, je ne le verrai plus jamais, il n'avait jamais dû pleurer. Il ne savait pas comment faire, alors il a crié, il a fermé la porte derrière lui, et il est resté seul avec son grand frère. Il a hurlé comme un chien, comme une bête, comme un orphelin de presque soixante-dix ans, sans famille, sans personne, seul, seul malgré nous, qui ne sommes pas eux, pas lui, pas Bulgares, pas vraiment. Il ne retournera jamais dans son pays, il n'y a plus personne, maintenant, plus que des morts. Je ne parlerai jamais avec lui, avec cet oncle enterré dans un caveau familial d'une famille inconnue, sur une terre que je ne dois pas fouler, jamais.

Tout ce que je fais n'a aucun sens. Elle me serre dans ses bras, et je ne sais plus trop pour qui je pleure, peut-être pour les deux, pour tous ces morts qui s'accumulent dans ma petite famille où les hommes sont de moins en moins nombreux, il faudrait que j'aie un fils pour rééquilibrer tout ça.

Le gâteau approche, entouré de tous les serveurs qui chantent joyeusement pour mon père. C'est son anniversaire. On fait semblant d'être gais, de le mettre à l'honneur, d'écouter son indignation de n'avoir toujours pas trouvé de chaîne bulgare sur le câble américain, mais mon grand-père lui a un peu volé la vedette. Demain, on rentre à Paris, mon frère aussi. C'est notre dernière soirée. Je ne prends pas le même vol qu'eux, je pars trente minutes plus tôt et j'atterris à Orly. Il viendra me chercher. Je serai sur son chemin, en scooter, avant ses rendez-vous, avant d'aller voir mes grands-parents, enfin si j'arrive à l'heure. Voler quelques minutes.

C'est ce que nous faisons, dans sa boutique, sur son bureau, passionnément, aux yeux de ceux qui se pencheraient un peu trop sur la vitrine, un peu comme moi, penchée sur le bureau, il s'enfonce en moi sans même imaginer une capote, une séparation entre nous, alors que je suis en pleine ovulation. On s'aime, il me le dit, je le répète maladivement, frénétiquement. On s'embrasse, on se touche pour concrétiser notre amour, notre couple, notre couple illicite invisible, qui n'existe qu'entre nous, à travers nous, qu'on ne nomme pas mais qui est bien réel.

Il est en retard, moi en avance. Je suis rentrée chez moi qui sent le vide, l'inoccupé. Il va rentrer en fin de journée. Son retour à lui était prévu ; moi, je devais revenir dans deux jours. On se retrouve tous chez ma grand-mère, même mon père qui ne peut plus voir la mort, avec mon grand-père qui veille dans son lit depuis trois jours ; des bougies autour de lui, ou pas, je ne sais pas. On nous attendait, on vient le chercher tout à l'heure pour le préparer, le vider, le nettoyer, le rendre moins mort. Il sera incinéré pourtant, c'est ce qu'il voulait, enfin c'est ce qu'on a cru comprendre.

On se retrouve dans le salon. Il y a beaucoup de monde, beaucoup d'inconnus aussi, un monsieur assis avec ma grand-mère – un croque-mort venu finaliser les préparatifs. Elle nous sourit, elle a l'air fatigué. On peut aller le voir si on veut, il est beau, bien coiffé, les ongles bien coupés. Je ne veux pas, je ne veux pas crier comme mon père, je ne veux pas que ma dernière image de lui soit inerte, je n'ai pas vu mon oncle non plus, je ne sais pas si j'ai déjà vu un mort. Je passe près de sa chambre, j'aperçois ses pieds dans ses chaussures, dans son lit, je ne veux pas en voir plus.

Les quatre hommes vont le chercher, ils le transportent dans une boîte. Il ne rentre pas dans l'ascenseur, il descendra par l'escalier, debout, comme un homme, encore un peu. La cérémonie est prévue pour la semaine prochaine. C'est le temps qu'il faut pour tout organiser, les faire-part, les journaux, l'incinération.

Je rentre fatiguée, il est en chemin, il arrive bientôt. D'ici là, je suis encore seule, célibataire, je l'appelle, je lui parle. Il est plein de promesses, plein de douceur pour ma peine, mon deuil d'unique grand-père. Je lui parle de mes grands-parents, de leur amour de plus de soixante ans, je lui fais croire au mythe du vieux couple amoureux, avec des hauts, des bas sûrement, mais un amour qui a tenu jusqu'aux noces d'astrakan, juste avant le palissandre. Il me demande si notre amour sera aussi fort, aussi long, aussi beau. Oui, nous serons pareils, mais nous serons encore mieux.

Je lui dis qu'il va bientôt arriver, il me demande ce que je ressens. Je ne sais pas, je ne sais vraiment pas. Je n'y ai pas réfléchi, je verrai dans quelques minutes. J'aurais voulu qu'il reste encore là-bas, et en même temps, il me manque, il connaissait bien mon grand-père, il sera sur le faire-part de décès. Je sens que je l'ai blessé. Il ne s'attendait pas à ce qu'il puisse me manquer, alors que nous nous aimons. C'est la première fois que je le vexe.

Il est sensible, subtil, intelligent, passionné, il n'est pas du tout comme il se décrit, comme il pense être, comme sa femme l'a contraint à se voir, déformé dans le miroir, il n'est pas ce motard sportif infidèle qui n'aime pas le zouk, il est une personne curieuse qui sait s'émerveiller et aller au-delà de ses propres convictions. Il ne le sait pas, je pense que personne autour de lui n'a percé sa carapace, surtout pas lui, je pense que je suis la seule à avoir vu qui il est, comme il est le seul à savoir qui je suis.

Et pourtant, ma réalité va reprendre dans quelques minutes et j'en suis presque contente. Lui est avec sa femme, il peut lui faire l'amour, et il lui fait l'amour, alors qu'il m'aime. Au moins notre couple sera équilibré quand je dormirai moi aussi avec un autre homme que lui et qu'il me sautera dessus dans quelques heures et que je me laisserai faire surtout pour me venger de cet autre corps nu près de lui, près de mon amour illicite jusqu'au premier avril prochain, on se l'est promis.

Le lendemain, souillée en toute légalité, je le retrouve enfin lui et son corps, sa peau, son odeur qui se mélange à la mienne dans les draps de notre hôtel pour quelques heures. Le temps d'y croire comme un doux mensonge, un déni, le temps de lui montrer ma nouvelle tenue, mes nouveaux bas rien que pour lui, des bas couture, dans mes nouvelles chaussures à talon rien qu'à moi. Il veut être présent dans ma vie, à l'enterrement, comme dans les films, un inconnu dans les rangs du fond à l'arrière de l'église. Il aurait voulu le connaître, lui être présenté, il veut voir ma famille, mes parents, mon frère. Non, c'est trop tôt, trop n'importe quoi. Alors, c'est lui qui achètera le gâteau pour la réception, son gâteau préféré, pour lui faire plaisir même s'il ne pourra pas y goûter, pour être un peu des nôtres. Il adorait le café, l'Opéra, moi aussi, lui aussi.

Le matin avant la cérémonie, on va chercher dans la meilleure pâtisserie de Paris, deux opéras pour quarante personnes. C'est beaucoup trop pour notre toute petite famille, mais il insiste, comme il insiste pour payer et m'accompagner jusque chez mes grands-parents pour déposer ce gâteau pour un mort et ses convives.

J'ai de l'avance, beaucoup d'avance, ça surprend tout le monde. J'en profite pour faire le chemin avec ma grand-mère jusqu'à l'église. On y retrouve la famille, agrandie à son maximum. Les oncles, les tantes, les amis, les voisins, les cousins du troisième degré, voire du quatrième. Ça en est presque joyeux de se revoir. Dommage que les réunions de famille ne se forment qu'autour de quelqu'un qui n'en fait plus partie.

Lui aussi est là, bien sûr. Au premier rang, avec moi, à mon côté. Il est sur le faire-part avec moi, je porte son nom, je suis la madame de monsieur et la seule madame dans les petits-enfants. Je ne pleure plus, ça fait un moment déjà. Je suis contente pour lui qui est sûrement léger comme l'air, comme un poisson dans l'océan de ses yeux. Qu'est-ce qu'on devient après ? Je n'en sais rien, je n'ai pas de conviction, je ne crois pas au paradis, à l'enfer, à la réincarnation, au néant. Je crois un peu à tout en même temps. Pour me rassurer, je me dis qu'il est éternel à travers moi, qu'il est dans l'infini des âmes de l'humanité, qu'il y a apporté un peu de sa vie, de son expérience. Quand je pense à lui, quand je l'appelle, il s'assoit sur mon cœur, les pieds pendants, un minuscule papy, il peut regarder ce que je vois, ressentir ce que je pense. C'est cette vision qui m'apaise, de l'infiniment grand à l'infiniment petit, de l'immensité de l'univers à la petitesse de mon cœur, comme un perchoir où il peut venir se reposer, un peu.

J'en profite pour tout lui raconter, mais il doit déjà s'en douter. Je lui parle de mon trouble, de l'opéra, de celui qui l'a acheté pour lui qui ne l'a jamais vu, de mon envie d'être heureuse, encore plus, de mon rendez-vous demain chez ma gynéco pour tout lui raconter, comme à lui aujourd'hui. Je lui demande maintenant qu'il est quelque chose d'autre, de me guider dans le bon sens, mais je m'arrête là, j'imagine qu'il est occupé aujourd'hui, que toutes les personnes ici doivent lui demander l'impossible, elles aussi.

Plus tard, je rigole avec mes cousins, une part d'opéra dans l'assiette et de nombreuses coupes de champagne dans le nez. Je regarde mon téléphone, il ne m'a pas oublié, et à travers tous les messages d'amour, une photo me trouble. Je me vois de dos au loin, assise dans l'église au premier rang. Je vois toutes les autres nuques connues et je l'imagine au fond mon inconnu de tous, sauf de moi, mon innommable, mon irraisonnable, mon inavouable, mon amoureux.

Le lendemain, je ne veux pas qu'il soit là, ni lui ni personne. Je suis seule, je veux être seule dans cette salle d'attente où on est normalement à deux pour devenir trois ou quatre ou plus si on double les chances. J'ai fourré dans mon sac des livres à lire pour ma thèse. Dans un livre d'analyse du discours que je me trimballe depuis quelque temps, je retrouve un sac à vomi, celui de mon retour de New York, griffonné des deux côtés, celui après avoir pris ce rendez-vous qui me fait attendre.

« Ne plus vivre, ne plus dormir, ne plus se nourrir et boire, boire pour ne pas oublier que je devrais t'oublier. Oh, mon amour impossible, ma déraison, tu ne devrais pas exister, nous ne devrions pas exulter de ce bonheur interdit. Je ne vis que par toi, je n'ai envie que de toi, je ne veux qu'avec toi. Dans notre monde exclusif, je m'enferme dans ce savoureux égoïsme, mais le réel nous rappelle à nos devoirs, à nos promesses intenables. As-tu raison ma passion ? Où notre folie du destin nous mènera-t-elle ? Dans des abîmes d'exaltation ? Dans un paradis de désespoir ? Un jour, nous regarderons en arrière pour réaliser que tout cela avait peut-être un sens, un chemin intraçable. Serons-nous alors main dans la main, ou juste un souvenir oublié dans nos vieilles mémoires nostalgiques des Balkans ? Notre petite histoire a-t-elle sa place dans la grande histoire ? Pourra-t-elle la confronter, la marquer, peut-être même la changer ? »

« Mon amour des Balkans,

Je souffre de te connaître, je souffre de ne pas être à tes côtés dans la réalité. J'aurais voulu ne jamais te connaître, je voudrais pouvoir effacer mon passé pour que tu ne sois que mon présent. Mon cadeau du destin, pourquoi être venu t'immiscer dans mon existence ? Pourquoi alors que je pensais être heureuse, m'as-tu fait découvrir le bonheur ? Insouciance, irrationalité, déraison, jouissance, sont les nouvelles sensations dans mes instants interdits.

Mon trésor volé, pourrons-nous un jour devenir vérité, n'être que l'un pour l'autre et d'amours interdites devenir des amants permis ? J'ai peur de regarder en avant, j'ai peur de regarder en arrière, je suis dans un vertige temporellement incertain. Mon amour insensé, moi qui m'étais construite un destin, me voilà plongée dans le chaos de l'amour, de la passion.

Comment vivre sans toi, comment vivre avec toi ?

Je suis perdue à tes côtés dans les abysses de l'insoluble. »

Que c'est cucul mes envolées dans les avions ! Et c'est drôle, je l'y tutoie. Ça prouve bien que je ne peux pas rester dans cette situation. C'est exactement ce qu'elle me dit, elle et ses chaussures rouges à talon. Elle est rigolote, je la découvre sous un autre jour, moins rapide, moins incisive. Elle veut tout savoir, veut même voir une photo de lui, elle aurait pu manger des pop-corn alors que je lui dévoile ma douleur comme devant un roman-photo ou une telenovela. « Bon, bah c'est pas gagné cette histoire, tant que vous ne savez pas qui sera le père, moi, je peux rien faire. On va vous remettre sous pilule, faites le test pour les MST quand même avec tout son passif, et on dira à votre mari que la pilule c'est pour avoir des cycles réguliers, je vais vous faire une ordonnance comme justificatif, et vous m'appellerez quand vous aurez dépatouillé tout ça ! »

Reprendre la pilule quand on veut un enfant en plein processus d'insémination. Il sera bien le seul à pouvoir croire ça.

À la pharmacie, j'ai dix-sept ans devant le comptoir à demander la pilule comme si c'était celle du lendemain. Je rougis, j'ai l'impression d'avoir fauté. J'ai fauté, et je vais fauter dans quelques minutes avec lui, protégée par cette petite pastille. Mais alors qu'il jouit en moi, j'aimerais tant qu'elle ne soit pas à effet immédiat et que cet enfant naisse dans neuf mois pour venir tout éclaircir.

Mon il-iade et l'odyssée

Mon réveil sonne. Il ne faut pas qu'il l'entende. Je ne veux pas le déranger si tôt pour rien, pour quelque chose qui ne le concerne pas.

Ça fait longtemps que j'attends l'heure convenable pour me lever et me préparer. Sept heures. Une demi-heure avant de rejoindre la voiture qui m'attendra devant chez moi. Tout est organisé, préparé depuis des jours. Tout a été orchestré comme si on avait manigancé l'évasion du siècle. Nos premières vingt-quatre heures tous les deux, notre première nuit, peut-être deux, si les astres s'alignent encore mieux.

J'avais mis mon réveil à sept heures dix, et quand il sonne sur mon téléphone quelques secondes avant que je l'éteigne, je suis déjà prête, comme une petite vieille, toujours prête à l'avance et qui attend. Lavée, coiffée, habillée en fonction de l'endroit où je serai dans même pas quatre heures. Un jean, un T-shirt blanc et un pull bleu à large encolure, un K-Way noir, des boucles d'oreilles pour féminiser le tout et tenter de détourner l'attention du bouton rouge sur mon front. Un petit bouton, mais qui gâche l'harmonie de mon départ.

Rien n'est encore sûr, c'est encore une hypothèse, mais dans quelques minutes on pourra peut-être commencer à rêver. J'envoie un message à mon amie Prudence pour lui dire que je suis déjà prête. C'est toujours elle qui sert à masquer mes amours interdites. À dix-sept ans, quand je ne m'estimais pas encore majeure, j'allais souvent dormir chez elle, ma si chère amie Prudence, qui ne se sentait pas très bien à cette époque, une histoire de cœur qui avait mal fini. Je la réconfortais comme je pouvais avec des mots, mais physiquement je réchauffais d'autres corps plus virils, même si le premier d'entre eux était imberbe et pas vraiment chaleureux quand j'y repense. J'aurai dû m'occuper de mon amie à ce moment où elle avait sûrement plus besoin de moi que ce glabre irrespectueux.

Mais quelques années plus tard, Prudence va mieux, et je l'ai mise dans la confidence de ma double vie. Elle a même failli le rencontrer un midi. Il voulait absolument s'immiscer dans ma vie, devenir réel, rencontrer un de mes proches pour exister encore plus pour moi. Il devait venir me chercher après mon déjeuner avec elle à son bureau, on aurait pris un café tous ensemble, il aurait été timide, m'aurait mordu la joue ou au front, elle aurait été un peu mal à l'aise car elle passe souvent ses vacances avec nous, elle le connaît bien cet autre qui s'accorde de plus en plus mal à mon bras. On a pris notre café toutes les deux, j'ai payé l'addition, elle ne pouvait plus attendre, elle avait une réunion, elle est remontée à son bureau. Il est arrivé juste à ce moment-là, elle l'a peut-être croisé, il l'a peut-être même vue partir de dos, il a peut-être même fait exprès, je vous l'ai dit, il est parfois timide.

Sans le connaître, elle a bien voulu me servir d'alibi. C'est avec elle et deux autres de mes amies d'enfance que je pars à Bruxelles. Elles me l'ont proposé il y a un petit moment, j'ai dit oui parce que je ne sais pas dire non, et maintenant je suis obligée d'y aller puisqu'elles ont tout réservé pour quatre, comme avant, comme au bon vieux temps où j'étais libre comme elles, quatre copines en virée pour un week-end à manger des frites et des gaufres, à aller au musée Magritte, à danser, à rigoler, entre filles. Je n'en ai pas trop envie, mais j'y vais pour leur faire plaisir. Il m'encourage, ça va être sympa, elles sont rigolotes. C'est vrai qu'elles sont rigolotes mes copines d'enfance, ça fait longtemps que je ne les ai pas vues, depuis que je bouge trop, depuis que je me suis rangée. On était un groupe d'amies, on s'appelait les insoumises et on aimait être libres ou faire semblant. Elles continuent à l'être, souveraines et insouciantes, elles sont encore jeunes, n'ont pas encore de responsabilités, elles ont gardé ces convictions que j'ai un peu abandonnées comme mon insouciance de jeune fille libre.

Je le retrouverai en train le lendemain dans le Sud, il fera juste la route sans moi, dans ma voiture blanche familiale. C'est convenu comme ça. Demain matin, ils partent en voiture, lui et les enfants qui sont là depuis le début de l'été, et moi je reviens demain soir et je les rejoins.

Mais à sept heures trente, tout le monde dort profondément. Prudence m'a déjà écrit qu'elles étaient en train d'acheter le petit déjeuner et le café pour la route et qu'elles seront là avant huit heures. Ça fait trois jours que j'ai changé son nom sur mon téléphone. Il est pour quelques jours Prudence, il a enfin un nom, même si ce n'est pas le sien. Depuis qu'il est elle, il m'écrit comme il s'imagine qu'une amie d'enfance pourrait m'écrire. C'était son idée pour faire plus réel, plus vrai dans notre mensonge.

Je prends mon sac à main qui s'est transformé en sac de week-end avec une culotte et des chaussures à talon, pas de bas si jamais il s'amusait en mon absence à compter mes bas parisiens. J'achèterai une nouvelle paire en Belgique. Je vais l'embrasser quand même dans son sommeil, parce que je suis sa femme, et que ça se fait dans les couples bien élevés.

Je les laisse endormis derrière la porte et je cours les retrouver au coin de la rue, ma troupe errante de féministes sans maris, sans enfants, sans contraintes, pour une expédition nordique. Mes trois amies imaginaires et mon amant travesti, dans sa voiture à lui que je ne connais pas encore. Sa femme est partie hier en train dans le Sud avec ses filles, à quelques kilomètres de mon mari et ses enfants demain, à quelques kilomètres de moi après-demain, à des centaines de lui, voire des milliers pour le reste des vacances.

Mais pour l'instant je m'installe à côté de lui, sur le siège passager, ou celui du mort, ou de sa femme. Je mets la ceinture et sens son parfum juste à côté de mon visage. Ce n'est pas une odeur désagréable, juste un effluve un peu trop marqué que je tente de dissimuler avec la mienne, la sienne, la nôtre, puisque je porte son parfum.

Il est surpris de me voir à cette place qui n'est pas encore la mienne. Ça se voit dans ses yeux. Il n'en revient pas que je sois là, qu'on soit tous les deux et qu'on parte en vacances au loin, enfin une journée et une nuit en Belgique, mais c'est déjà beaucoup pour nous qui n'avons passé que quelques heures d'affilée ensemble. On s'enfuit vers le nord, direction Charles de Gaulle, puis Lille, puis la Belgique. Il y a déjà des bouchons sur le périphérique. Il est pourtant tôt, même s'il est arrivé un peu en retard. C'est les grandes vacances, le 21 juillet, une date quelconque au milieu de l'été.

Pour notre petit déjeuner, il a pris deux grands cafés brûlants dans des gobelets mous et deux petites pâtisseries, immangeables en voiture, surtout sans cuillère, sans fourchette, sans rien. Je tente de me débrouiller avec une touillette, mais c'est un échec, j'ai du chou à la crème collé à mon seul jean. Il tente de le manger à même mes cuisses. Trois mois déjà d'amour et de gâteaux, de rires, d'insouciance, trois mois pleins de nous, de neuf heures trente à dix-neuf heures trente sauf les dimanches.

Je ne fais rien d'autre, je ne peux rien faire d'autre, c'est impossible. C'est ce que j'ai répondu à ma directrice de thèse la semaine dernière. J'ai pourtant validé ma seconde année de bulgare, mention bien, presque très bien, à quelques points près. C'est la seule chose que je pouvais faire à part lui. Les deux sont liés, j'étais très motivée au second semestre par toutes les options que j'avais choisies, sur la Serbie, la Yougoslavie, l'Empire ottoman, les guerres bulgaro-serbes, tout ce qui me lie à lui dans le passé, dans les Balkans que je connais de mieux en mieux grâce à lui.

« C'est impossible. Tu ne peux pas, on ne peut pas avancer sur une thèse avec la tête prise, surtout par un homme. » Après le dernier cours à la Sorbonne, je l'ai invitée à prendre un verre. Des semaines qu'elle me demandait où j'en étais, des semaines que je l'évitais, des semaines que je n'avais rien écrit, rien fait. Comment lui dire que j'étais sur une nouvelle thématique, les silences et les non-dits dans les histoires de couple ou comment mon sujet et ma recherche m'ont révélé l'amour, mon amant des Balkans. On peut dire que j'ai bien épousé mon sujet, enfin que j'en suis tombée amoureuse. Avec une pinte de bière c'est ce que je réponds à sa fameuse question : « Bon tu en es où de ton premier chapitre que tu dois me rendre pour valider ton année ».

Elle est intelligente, elle est unique, révolutionnaire, la directrice de thèse la plus intéressante et inconventionnelle de l'université française, une pionnière, une féministe, et j'ai un peu honte de ne participer que de loin à tout ce qu'elle entreprend pour changer le monde. Mais entre mon travail, mes voyages, et maintenant mon amant serbe, c'est impossible. Écoute, avance comme tu peux, profite quand même, mais trouve vite une solution pour te libérer la tête. On s'appelle en septembre. On fera une dérogation, mais ne perds pas une année, qu'en décembre tu aies fini ta première partie, au moins.

Un poids en moins, six mois de sursis, je ne sais pas où j'en serai en décembre, à Noël, pour la nouvelle année. J'ai vraiment tout mis en pause pour lui. Lui non plus ne fait plus rien à part nous, à part moi. J'espère qu'il ne va pas déposer le bilan de sa société familiale depuis 1971, pour notes de frais injustifiées.

On fuit. On fuit vers la Belgique, laissant tous nos problèmes à la frontière. Ça y est, on est passés de l'autre côté, là où l'autoroute est illuminée même le jour par un éclairage continu de trois cent trente-cinq mille lampes, qui permet même à certains astronautes de discerner le plat pays de l'espace.

On lit tous les panneaux avec notre accent belge, en rajoutant des «une fois» et des «tu sais savoir» et des «Chouke», évidemment. Charleroi, Gans, Anvers, Liège, Knokke-le-Zoute, Namur. Namur nous plaît beaucoup. Namur, notre Namur, mon Namur. Nous serons l'un pour l'autre une ville belge, la capitale de la Wallonie, nous serons sa forteresse médiévale, sa statue de bronze de tortue géante, son musée Félicien Rops d'œuvres érotiques. Cette ville est parfaitement nous, je serai son Namur, il sera le mien, et quand on franchira le mur de notre amour d'ici quelques mois on se murmurera notre amour au pied du mur de Namur en mangeant des mûres mures.

Je connais bien cette autoroute, cette route, Bruxelles, je l'ai faite des dizaines de fois dans une autre vie, de dix-huit à vingt ans. Une autre vie très agréable, avec un garçon très agréable lui aussi, enfin déjà un homme, il avait trente ans, je vous l'ai dit j'ai toujours été avec des personnes plus âgées, réalisateur lui aussi, mon premier. Il était gentil quand même, on était amoureux, joyeux. Quand je repense à lui, je vois plein de couleurs, plein de formes légères aériennes, douces. Il était Belge, en portait quelques traces d'accent. C'est celui de sa mère, parfait, que je tente encore aujourd'hui d'imiter. Il avait quitté son plat pays très jeune, mais un week-end par mois on prenait cette route pour rejoindre sa grand-mère, sa tante, ses cousins, ses amis, tous complètement fous, complètement surréalistes, complètement belges. Il m'a fait découvrir le monde du cinéma, de la musique, de la peinture, l'art dans toute sa grandeur et sa richesse. Et je l'ai quitté pour un autre réalisateur, mon mari, pour les voyages et l'aventure, parce que lui était encore trop jeune sûrement, il ne voulait pas s'engager. Il avait mon âge d'aujourd'hui, mais c'était un homme, je ne lui en veux pas, il était l'insouciance et la fraicheur de mes vingt ans.

Depuis, je n'y suis pas retournée, mais mes souvenirs sont intacts si la ville l'est aussi, comme mon raccourci sur le Ring pour arriver au centre en évitant les bouchons.

Je réserve dans une brasserie pour le déjeuner, elle existe toujours, et je me réjouis de lui faire découvrir les croquettes de crevettes, les fondues de fromage et les cannibales. Onze heures trente, nous sommes garés. On a fait vite, on dépose nos affaires à l'hôtel, réservé avec notre mail à nous, très français, très faux. Cette fois, ce n'est pas quelques heures volées entre deux réservations, notre couple illicite a mérité une nuit de repos, dans de vrais draps lavés pour nous, et des savons et du lait pour le corps rien que pour nous. On a choisi un hôtel de charme en plein centre, un petit écrin de quelques chambres, toutes uniques, délicates, et le petit déjeuner compris. La chambre n'est pas encore prête, on ne peut pas encore essayer notre lit, on avait déjà commencé les préliminaires dans la voiture pourtant, en évitant les regards indiscrets des routiers. On dépose juste notre sac, son sac à lui en fait, avec mes affaires de rechanges que j'ai rajoutées au-dessus des siennes, et nous voilà partis en amoureux main dans la main. Enfin, nos effleurements ne durent que quelques secondes. On n'a pas l'habitude d'être libres de nos mouvements pour nous toucher en public, épiés en permanence par notre culpabilité, on se fait violence. On s'embrasse quand même, aux yeux de tous, on se tient par la taille, on se prend en photo, comme pour être sûr que tout ça est bien réel.

On s'est toujours pris en photo depuis le début, enfin depuis mon retour du Cambodge. Lui me les envoie puis les efface le soir avant de rentrer, avant de m'envoyer le « Stop ». Moi, je les conserve, je les garde comme toutes nos conversations, tout notre amour. Je n'ai pas de code secret, pas de secret, mon téléphone est là sous ses yeux, les messages clignotent à sa vue, à portée de ses mains baladeuses. Je ne cache rien, j'attends même, pour lui faire mal, pour lui dire que je ne suis plus à lui. Mais pour l'instant il n'a même pas eu le cran d'être curieux ou de voir que j'avais disparu. Lui, a un dossier sur son ordinateur de bureau, caché au fin fond d'une comptabilité quelconque. Il se passe nos photos en boucle, en diaporama, quand il est seul, quand il est en manque de nous.

À la brasserie, on a choisi tous les plats exotiques, tous ceux qui nous font penser à la culture belge, avec des noms bizarres, rigolos pour nous, qui avons l'air de Parisiens, de Français, venus d'ailleurs.

Le serveur nous regarde avec des yeux interloqués, il nous lance même un « C'est beaucoup trop ». On se voit obligés de retirer les anguilles au vert, et le waterzoi, nos deux plats principaux. On reste sur des entrées, une dizaine, toute la carte en fait, avec des frites, évidemment, et du persil frit, et des bières, ça, c'est sûr !

Je lui raconte encore mes blagues d'escargots et de Chouke et Chouke. On est dans notre univers inventé, dans notre culture tierce, notre culture à nous, neutre, loin des codes français, bulgare, serbe, une identité neutre rien qu'à nous, au grand dam des voisins et de notre serveur qui savent très bien qu'on n'est pas vraiment comme eux, car notre accent sonne faux à leurs oreilles qui différencient les accents de Bruxelles ou Namur, oh Namur, il n'arrête pas de m'appeler par ce presque mot d'amour, à une lettre près, à une fausse liaison près.

Pendant un échange de kroketten, je lui demande les cinq choses qu'il ferait si un jour on avait la folie d'être ensemble. La première, il me fait un enfant, puis il m'épouse, la troisième, il m'emmène à Namur, il veut aussi aller dans le Sud, dans ma maison de vacances près de l'Italie, avec mes parents, les rencontrer, et enfin le plus important, il me kidnappe et m'emmène en Bulgarie, ce serait peut-être même la première chose, le jour même, sans autorisation aucune de mon père, sur les terres de la moitié de mes origines.

Je suis apeurée, terrifiée face à tant de certitude, tant de projets dont je suis le centre, où je ne décide rien. Je ne sais pas ce qui me fait le plus peur, sans doute aller en Bulgarie, le reste je l'ai déjà projeté, tout, cet enfant qu'on nommera Chouke et qui sera un garçon, ce mariage en Serbie sur les douces montagnes verdoyantes avec Émir Kusturica et tout son orchestre pour animer la noce, mais je ne me suis jamais imaginée à Sofia, je ne me suis jamais autorisée à le penser, puisque ce voyage mon père me l'a toujours interdit.

Je lui dis qu'il devra m'assommer, me droguer, m'enfermer dans le coffre contre mon gré, mais que maintenant, je suis prête à y aller avec lui.

Pour l'instant c'est sur la Grand Place que nous allons. On a tout l'après-midi, toute la journée. On se balade comme des touristes devant l'hôtel de ville asymétrique, le Manneken-Pis, le palais de justice, le quartier des antiquaires. Il m'offre des boucles d'oreilles Art déco, pendantes noires, un mug avec un écureuil. On cherche plus sérieusement des lunettes de soleil et des chaussures pour mon tournage au Botswana, au mois d'août, dans quelques jours.

On ne se verra pas pendant un mois. On n'ose plus prononcer ce mot, ce mois sans nous qui ne devrait pas exister. On tombe même comme évanouis quand on entend cette syllabe maudite. Août. Doute, chouchoute, route, croute, mammouth, moumoute nous plongent dans une inertie les yeux révulsés, la langue pendante pendant de longues secondes. Je trouve des pataugas couleur sable montantes, parfaites pour marcher dans la savane à la recherche de zèbres durant leur migration en évitant les morsures de serpents.

Après la Belgique, on ne se verra plus pendant presque trente jours, jusqu'à la fin de ce mois innommable. Après-demain, je pars le rejoindre, lui et les enfants, chez ses parents, lui partira retrouver sa femme et ses enfants avant que je remonte à Paris, avant que je m'envole en Afrique, mon rêve d'enfance, mon rêve de toujours.

Je connais bien le coin où ils vont aller, je lui ai fait une feuille de route, jour par jour, avec les lieux à visiter, les restaurants où manger, les balades pour découvrir la région hors des sentiers battus, pour lui, sa femme et ses deux filles. Lui m'a fait une playlist avec des musiques enregistrées, dix à écouter par jour, il les écoutera en même temps que moi. Je reviens le vingt-huit août, je ne le prononcerai plus jamais, lui un peu avant, il va devoir m'attendre. Mais il sera avec moi dans mes lunettes, mes chaussures, ma musique, et lui ne pourra pas m'oublier dans son pèlerinage, sur mes traces, sur le lieu de nos futures vacances dans le Sud, chez mes parents, avec mes parents, dans notre nouvelle vie, notre nouvelle famille.

Mon il-logique

J'ai mes nouvelles boucles d'oreilles très belles, des bas qu'on a achetés aussi, qui ne sont qu'à nous. Notre premier dîner, notre première soirée. Il a appelé sa femme juste avant, lui a fait croire encore un peu plus qu'il était en déplacement professionnel pour deux jours. Moi aussi, je l'appelle, lui raconte tout ce que j'ai fait en ajoutant Prudence et mes copines. Il est content pour moi, moi aussi. Ce soir, c'est moules frites dans une brasserie Art déco comme mes boucles d'oreilles, avec mon alliance, et lui la sienne. Ceux qui nous observent dans notre bonheur pourraient croire que nous sommes mariés, mais non, on paraît trop heureux pour être un couple béni par Dieu.

Je n'aurais pas dû me marier, pas avec lui, pas comme ça, pas après ce qu'il m'a fait. J'aurais dû le quitter à ce moment-là, même avant. Je ne sais pas pardonner, je ne sais pas oublier des images, des mots, ils sont toujours là, en moi, comme un filtre quand je le regarde.

La haine n'est jamais passée, et je réalise qu'elle ne passera jamais. Depuis ce mois de décembre, notre histoire est finie. Et pourtant, six mois après je l'épousais. C'est moi qui ai tout organisé, lui a juste accepté. On devait partir en vacances tous ensemble, aux États-Unis, lui, moi, les enfants, mes parents, mon frère. On devait aller un peu à New York, un peu à Los Angeles, un peu à Las Vegas, au mois qui ne se prononce plus. Six mois après avoir tout découvert, toute sa sale vie parallèle, il n'y a pas si longtemps de ça, deux ans à quelques jours près, après onze ans de vie non maritale. Je ne voulais pas d'un grand mariage, juste pouvoir dire mon mari plutôt que mon ami. On allait tous à Las Vegas, l'occasion rêvée de faire ça discrètement dans une petite chapelle avec ma famille, et Elvis, pour faire plaisir à mon père.

Ce n'est pas aussi simple qu'on pourrait le croire de se marier à Las Vegas, ça se prépare, ça s'organise, il faut avoir des papiers officiels, prouver qu'on n'est pas un meurtrier ou déjà marié, prendre un rendez-vous à la mairie, signer des papiers et encore des papiers, et ensuite, on peut enfin arriver ivre devant l'église avec un parfait inconnu pour se jurer fidélité et amour.

J'en avais discuté évasivement avec tout le monde. Ils ont tous compris, tous sauf mon père qui a cru à une blague, que ce n'était pas sérieux, que les mariages à Las Vegas c'était pour de faux. J'avais pourtant acheté une robe blanche, des chaussures blanches, une culotte en dentelle blanche, deux alliances, une en or jaune de chez Cartier pour lui, une en or blanc et diamant pour moi d'une autre marque un petit peu moins prestigieuse, j'avais pris tous nos papiers, réservé le jour et l'heure à l'église, à la White Chapel, tout le monde avait compris, sauf lui.

La veille, j'annonce qu'une limousine va venir nous chercher à quinze heures et que la cérémonie débutera à seize. Il n'avait toujours pas compris qu'il allait marier son unique fille le lendemain. Quand il a réalisé que j'allais vraiment me faire passer la bague au doigt, il n'a plus parlé. Je ne sais pas si c'était parce qu'il était vexé d'avoir été le seul à ne pas vouloir comprendre, ou si c'était autre chose, mais son visage s'est fermé et il n'a plus parlé.

Le soir, après le dîner, mon père m'a proposé d'aller prendre un dernier verre, avec ma mère et moi. Lui n'est pas venu, il est parti se coucher avec les enfants dans notre chambre.

Dans le bar de notre hôtel, il m'a regardé et il m'a demandé très sérieusement pourquoi je me mariais. J'ai répondu que ça faisait onze ans qu'on était ensemble, que c'était dans la logique des choses. Il a reposé la même question. Parce qu'on s'aime, je voudrais avoir un enfant, fonder une famille, que ce soit officiel. Pourquoi tu te maries ? Pourquoi tu te maries ?

Encore et encore, sans écouter ma réponse, mes réponses. Je ne savais pas ce qu'il voulait que je dise, quelle était la bonne réponse selon lui. Pourquoi tu te maries ? Mais qu'est-ce que tu veux que je te dise ? Que je ne dois pas me marier ? Pas avec lui ? Pas comme ça ! Mais j'ai déjà tout organisé, la limousine sera là à quinze heures. Pourquoi tu te maries ? Mais pour ne plus porter ton nom, voilà, c'est ça que tu veux entendre ? Pour ne plus t'appartenir, être enfin libre de toi, de ton passé, de ton emprise. Pourquoi tu te maries ? Ma mère est venue à mon secours le traitant de connard, comment pouvait-il faire ça à sa fille la veille de son mariage ? Ses yeux étaient noirs, il ne disait rien d'autre que sa question comme une torture lancinante. Je hurlais de plus en plus fort, défigurée par les larmes, tremblant devant son tenace mais faux sang-froid. Ma mère s'est jetée sur lui pour arracher ses yeux noirs de haine. La musique, l'obscurité ne nous cachaient plus, nous étions l'attraction de ce lieu de débauche. La police est arrivée, a retiré les ongles maternels plantés dans le visage froid et sanguin de mon père. Ils nous ont conduits tous les trois dans un sous-sol, on a marché le long d'un couloir couleur crème délavée, comme dans les films sur la mafia où des petits malins tentent d'arnaquer le casino. Ma mère et moi devant, mon père quelques mètres derrière, très calme. Ils ont menotté ma mère sur un banc, à côté de deux jeunes filles, sûrement des putes mineures prises la main dans la braguette. Mon père, la victime, était ailleurs. Moi, j'étais le témoin, dans ce commissariat interne, un dans chaque hôtel, dans chaque casino de Las Vegas. Je n'arrivais pas à le joindre, il ne répondait pas, il devait déjà dormir. Arrêtés pour *domestic fight*. On a attendu jusqu'à quatre heures du matin qu'ils nous relâchent, après l'interrogatoire et la séance photo de ma mère, comme un malfrat, de face, de profil, avec son matricule. Mon père était dans une pièce à part pour le protéger de sa furie, de cette tigresse griffant tout prédateur s'attaquant à ses enfants, même leur géniteur. On aurait dû nous expulser de l'hôtel, on nous a donné une dernière chance. Plus de disputes, plus de cris.

Je ne veux plus jamais le revoir, je n'ai plus de père. Plus personne pour m'amener devant l'autel. La police nous escorte ma mère et moi jusque chez mon frère. On lui raconte tout, je suis hystérique. Il tente, comme à son habitude, de temporiser, de se mettre à la place de notre père. Il marie sa fille, sa seule fille et il n'était même pas au courant il y a quelques heures. Il a été surpris, vexé, tout le monde avait compris sauf lui.

Il est sorti, libre lui aussi, une vingtaine de minutes après nous. Il appelle ma mère comme si de rien n'était, il rigole même, se félicite de l'avoir innocenté car sinon elle serait en prison, quelle histoire ! Elle va le retrouver, elle est faible, elle le connaît, il a déjà tout oublié.

Pas moi. Jamais. Je rentre dans ma chambre. Il ne sait rien. Les enfants dorment paisiblement, lui aussi. Je le réveille en pleurs pour lui raconter. Il rigole, dit que ce n'est rien, que je devrais connaître mon père, me demande de me coucher, est-ce que j'ai vu l'heure, demain tout sera oublié.

À huit heures, mon téléphone sonne. Ma mère, elle non plus n'a pas dormi. Ça ne peut pas se passer comme ça. Aujourd'hui, tu te maries et ton père sera là, c'est comme ça, il s'excuse, il veut s'excuser, viens dans la chambre, il va s'excuser, viens pour l'harmonie de la famille.

Du bout du couloir de sa chambre, il me regarde amusé, mangeant des M&M's, il m'en propose, je ne réponds pas, il en jette vers moi, comme à un chien, comme à son habitude. C'est sa façon de s'excuser. Je ne réponds toujours pas. Il s'est excusé en me jetant des bonbons. C'est déjà beaucoup pour lui. Il parle de l'organisation du mariage, comme s'il n'y avait pas eu de troisième sous-sol, de menottes, d'yeux noirs. Comment ? Vous n'avez pas les mêmes alliances ? On va tout de suite acheter deux alliances identiques, sinon vous ne pourrez pas vous marier. Il a enfin trouvé son rôle dans cette drôle de journée. C'était peut-être vraiment ça, seulement ça et rien d'autre derrière sa question, peut-être que si j'avais répondu pour avoir la même bague que lui, il n'y aurait pas eu cette nuit au poste.

Après il y a eu la limousine, grande, blanche elle aussi, comme moi, sans clim, qui avait dû passer une soirée bien merdique elle aussi. Il y a eu la White Chapel, un couple qui se bagarrait à quelques mètres de nous, la police qui est intervenue. Décidément, on ne peut pas avoir de *domestic fight* tranquille dans cette ville. Il y a eu Elvis, en chanson seulement, pour mon entrée au bras de mon père, un prêtre ou quelqu'un qui avait ce pouvoir de nous marier. Il y avait lui et moi. Le *Yes I do*, la promesse de fidélité, d'amour, peut-être qu'avant le mariage l'infidélité n'est pas un péché. J'ai dit *Yes I do*. Il y a eu le baiser, les applaudissements, le photographe, les photos kitch, dont celle sur la bibliothèque de notre salon. Il y a eu le dîner à l'heure américaine, dix-huit heures, dans un très bon restaurant que mon père a réussi à réserver le matin même, pour nous, pour s'impliquer, pour se faire pardonner. Il y a eu des sourires, des rires, de la joie même à certains moments, mais aussi des yeux fatigués, rouges, défaits, tuméfiés de la veille, arrachés, noirs, et une question : pourquoi tu te maries ?

Je ne sais pas trop pourquoi en fait, pourquoi je suis là, dans cette ambiance d'enterrement, pourquoi je me marie. Peut-être pour devenir sa femme, une femme, un être humain, à ses yeux, aux miens, aux yeux de tous.

Peut-être que je crois sincèrement que les mots ont un pouvoir et peuvent tout changer, qu'un *Yes I do* peut transformer un monstre en homme et un objet de fantasme en femme.

Je lui raconte tout ça entre deux moules et une frite. Il m'écoute, il voyage dans mes mots, il regarde un film dans mes yeux. Tout le monde n'a pas la chance de passer la veille de son mariage en prison. Il me dit que le prochain sera moins dramatique, avec moins de questions, plus de musique et d'alcool. Notre mariage sera les Balkans avec une touche de belgitude. Ça me va. Tout me va, comme notre dernier verre dans un endroit qui n'a pas encore disparu non plus. Un bar où les anciens michetons et putes du quartier rouge se retrouvent pour danser au son de l'orchestre et de l'accordéon. Il ressemblera peut-être à ça notre mariage dans mes vallons balkanais, nous deux tourbillonnant dans un fou rire d'amour, de bonheur et d'ivresse.

Dans notre chambre, nous faisons l'amour tout de suite, comme dans notre hôtel de passe, comme dans la jeunesse des danseuses de flonflons qu'on vient de quitter, par habitude de faire tout de suite par manque de temps. Je ne sais pas si j'ai eu le temps de rêver, à peine fini, à peine endormie, on recommençait. À quatre pattes, je nous regarde dans ce beau miroir fumé au-dessus de la tête de lit. Je suis nue, les cheveux défaits, le noir de mes yeux descend sur mes joues. Il est derrière moi, en moi, il regarde mon dos, mes fesses, mon sexe. Il ne voit pas que je l'observe, que je nous fixe. Je nous trouve beaux, moi nue, lui habillé de moi dans ce miroir qui nous reflète dans la pénombre de la chambre, dans notre nuit à nous. Je me retourne pour capter ses yeux sans réflexion, je veux lui dire ce que ma tête égarée pense à cet instant. Je veux lui dire une chose impossible dans la réalité. Je me retourne et je veux lui dire qu'il m'épouse tout de suite, même si on est tous les deux déjà mariés, il le faut absolument, pour le bien de l'humanité, il faut qu'on soit mariés ensemble.

Je me suis retournée, je lui ai juste dit je t'aime, mais je suis sûre qu'il a saisi tout le reste de ma pensée.

On écoute Arno, Adamo, Stromae, Brel, en regardant défiler les camions hollandais, allemands, bulgares même. Il est onze heures quand on quitte Bruxelles. On se retrouve malgré la logique dans les départs de grandes vacances des Nordiques en avance qui descendent vers la méditerranée. Je conduis, il trouve que sa voiture me va bien, comme si c'était un sac ou une veste. Les vieux amants me rendent triste. Comme si Brel parlait de nous, de lui, d'elle. Celle qui lui fit prendre son bagage, sa conquête, son piège. Je suis tout d'un coup cette autre, celle en plus, celle en trop. Je ne sais pas s'il l'aime encore. Il me dit que non, qu'elle ne lui a pas encore posé la question mais qu'il lui dira la vérité à ce moment-là, sans parler de moi, de nous évidemment.

Il y a quelques semaines, son téléphone s'est connecté par erreur, tout seul, alors qu'on prenait un verre pour célébrer l'été. Elle n'a pas entendu grand-chose, juste des mots, juste un rire. Mais pour n'importe qui ça aurait été déjà trop. Il avait préparé sa défense, son alibi, ses excuses. J'étais une collègue d'un ami qu'il aurait croisé par hasard, et dans la conversation il se serait incrusté à leur table pour prendre un verre, vite fait, par politesse. Mais elle n'a pas posé de questions, juste un «fais attention» et elle a continué à mélanger la salade.

Je ne sais pas si c'est vrai, si je devrais le croire, qu'il ne l'aime plus, qu'il attend d'avoir la force, le courage, le déclic, qu'il voudrait qu'elle le quitte pour faire moins salaud. Qu'ils se disputent souvent, s'évitent la plupart du temps, font semblant devant les autres, pour leurs enfants, pour les apparences, pour eux aussi peut-être, qu'ils font l'amour parfois, qu'il ne me le dit plus, mais je le sens, surtout le lundi matin, surtout après leur dimanche après-midi, par habitude. Moi aussi je lui fais l'amour, presque tous les jours, tous les matins. Je pense que si j'étais sûre qu'il ne la touche plus, j'arrêterais ce petit jeu malsain de continuer à jouir avec l'un par doute de l'autre.

Interchangeable. Comme la montre qu'il vient de m'offrir. Une Swatch transparente qu'il avait commandée et qu'il a reçue juste avant notre départ. Je la portais fièrement jusqu'à ce qu'il m'annonce entre Mons et Valenciennes qu'il l'a aussi achetée pour elle. Un prix de gros. Interchangeable. Je l'ai portée fièrement, et maintenant elle me gratte le poignet. La même, identique, alors que je conduis sa voiture à elle, même si elle n'a pas le permis et ne peut pas être assise à ma place par manque de capacité motrice. Interchangeable. Il m'a proposé de venir dormir chez lui. Je m'imagine dans son lit, à sa place, à sa chaise, à son bout de canapé, dans sa douche. Interchangeable. Je ne veux pas. Je ne veux plus. J'en ai marre d'être la seconde, celle d'après. Déjà que j'ai accepté d'habiter une maison hantée où j'ai dû faire ma place, où j'ai dû tout nettoyer, tout construire pour être chez moi.

J'avais vingt-cinq ans, même pas, on avait commencé par habiter dans des locations, des studios pour débuter, puis des trois pièces avec deux chambres, une pour nous, une pour ses enfants, pour les mardis et mercredis soir, les week-ends et toutes les vacances scolaires ou presque. Elle habitait la maison qu'ils avaient achetée ensemble, qu'il a dû quitter, car une mère, même mauvaise, a tous les droits. Puis elle a refait sa vie dans cette maison, a eu un autre enfant qui a grandi aussi dans cette maison. Et comme elle était Américaine, elle est repartie dans son pays avec sa nouvelle famille, ses anciens enfants, mais sans son nouveau chien abandonné dans le jardin.

Je me suis retrouvée à m'occuper du chien, trop imposant pour sa nouvelle vie américaine, mais aussi pour notre appartement. On venait le nourrir, le promener tous les jours, tous les soirs, pour prendre l'air dans cette presque maison de campagne à deux kilomètres de Paris. Un jour, le chien, tout jeune, tout fou, tout seul, tout triste, s'est enfui de sa mauvaise vie et je n'ai jamais réussi à le retrouver malgré sa puce électronique et les affiches placardées dans toute la ville. Et puis cette maison avait du potentiel, j'avais des idées. J'ai décidé qu'on pourrait l'habiter avec un peu de changement et de travail.

Je me suis retrouvée à trier ses affaires, ses culottes, sa lingerie, ses tampons. Elle avait tout laissé derrière elle, toute sa vie française, comme si elle avait fui du jour au lendemain. Elle avait laissé le sucre, le pain, le linge sale dans la corbeille, les taches de sauce sur les murs et le plafond du salon. J'ai tout lessivé, tout récuré, tout donné, tout jeté de cette femme avant moi, qu'il avait connue très jeune, à dix-sept ans, quelque temps avant moi. Dans la cave, dans les malles de souvenirs, entre autres photos de nu de ce mannequin mineur américain prises par mon réalisateur et photographe de mari, j'ai découvert une photo d'elle en tournage avec lui. Elle avait un casque, une perche, un micro, une mixette, elle, comme moi aujourd'hui. Je l'ai jetée aux ordures avec tout ce qui pouvait appartenir à cette autre femme, cette première avant moi de ce mari sans barbe mais qui sinon serait bleue.

J'ai tout accepté, j'ai accepté de la remplacer dans cette maison qui n'avait rien à part du potentiel. J'ai tout accepté sauf la place du lit. J'ai inversé les chambres, je me suis placée dans celle des enfants, j'ai fait abattre une cloison, j'ai pris la place près de la fenêtre donnant sur le jardin, à l'opposé de sa place à elle, dans ma nouvelle chambre rien qu'à moi, dans ma nouvelle maison sans trace autre que moi, l'unique, l'irremplaçable.

Je lui propose de venir passer notre dernière nuit ensemble chez moi, presque rien qu'à moi. Il veut bien, mais il doit travailler avant, passer chez lui aussi, s'occuper de ses chiens qui ne se sont pas encore enfuis, et on se retrouve à Paris vers la place de la Contrescarpe pour un dîner en amoureux, le dernier.

J'en profite pour préparer ma valise pour le lendemain, ranger mon mug écureuil, le faire disparaître parmi les autres, changer les draps du canapé-lit, qui est aussi son bureau à lui, son ancienne chambre à elle, à lui, à eux.

Cette nuit-là est triste. On fait l'amour, beaucoup. Le matin, il m'accompagnera à la gare, comme il l'a fait pour sa femme et ses enfants quelques jours avant. Il m'embrassera timidement, tristement, veillera à ce que j'aie bien ma montre, mes lunettes, mes boucles d'oreilles. J'ai tout sur moi, même la montre. Il m'enverra un message une minute après m'avoir quittée, m'écrivant ce qu'il ne sait pas dire de sa voix fluette.

Il me laissera partir dans ma belle-famille avec mon mari, mes beaux-enfants, mes beaux-parents aussi vieux que mes grands-parents, et elle, sa sœur, qui me fait si peur parfois et qui fait si peur aux enfants, tellement qu'ils se réfugient dans mes bras dès qu'ils la voient, elle et sa folie. Et lui ne dira rien, ne verra rien, il fera comme si c'est normal de penser que le diable veut tuer son fils, normal aussi de se balader nue avec un couteau au beau milieu de la nuit. Je serai seule contre ses délires, contre son déni à lui, seule avec mes enfants qui ne sont pas à moi. Seule dans cette folie, loin de lui pendant un mois qu'on ne nomme pas pour avoir un peu moins mal. Il me laissera seule, et moi pour ne pas oublier que j'ai été heureuse, je lui enverrai :

«Prudence, sept heures trente, huit heures et demie, en retard comme d'habitude, tenue d'expédition, poncho, bouchons, pluie, autoroute, choux à la crème, touillette en plastique, Namur, panneaux publicitaires belges avec un mouton, mauvaise sortie de route, croquettes de crevettes, fondue de fromage, cannibale raté, voisin de table espion, serveur sympa qui cligne des yeux, le ministère de la justice, Kafka, l'ascenseur qu'on ne peut pas appeler, vertiges, la rue des antiquaires sans antiquaires, la Grand Place, la porte décalée, les touristes partout, le shopping où il n'y a que des magasins en double, le mug écureuil, les chocolats, les bouchons de Bruxelles, le camion bulgare, moi qui conduis la voiture… Stop… »

Mon il flottante

Je traverse la salle maladroitement. Je suis en retard, un peu plus que lui qui est déjà là depuis cinq minutes. On s'est donné rendez-vous pour une bonne raison, nos six mois. Je suis un peu en retard aussi pour cette raison, lui acheter un cadeau, un souvenir de nous, de notre amour insensé. Un porte-bonheur, un porte-carte. Presque le même que celui que j'avais offert à mon mari, en souvenir de ma montre Swatch, mais différent quand même, le modèle a un peu changé depuis le temps. Un très joli porte-carte, en cuir noir, sobre, mais avec une femme cachée dans un interstice, une pin-up, nue, rien que pour lui, une blonde presque platine comme moi sortant de chez le coiffeur pour faire croire que le soleil et le sel marin ont décoloré mes cheveux naturellement. Je suis bronzée pourtant, ma tête a bronzé sous le soleil africain pendant un mois, ce mois innommable, mais mes cheveux n'ont pas changé de couleur comme une surfeuse californienne, l'eau de l'Okavango devait être trop douce. C'était un beau tournage, dans la nature, dans un 4X4, sur les pistes, dans les camps magiques avec des éléphants, des zèbres et des lions tout autour, les bruits de la nuit, les chasses, qui font peur au début et qui bercent ensuite, dans une tente, en sécurité, comme dans ma moustiquaire tapis de sol, mais en plus grand, en plus beau, en plus anglais. Les safaris, je me voyais vraiment vivre cette vie quand j'étais petite, devant *Daktari* et Clarence, le lion qui louchait, et j'y étais pendant ce mois qu'on ne nomme plus.

Là-bas, au milieu du désert blanc du Makgadikgadi c'est tellement plaisant de le dire à voix haute, essayez, vous verrez, un peu comme le Jacquadi a dit, dites-le !, dans les bras inondés de la rivière Moremi, j'étais bien heureuse, dans ma vie parallèle, sans lui. J'aurais pu lui demander de nous installer là-bas et de faire des documentaires en couple tous les deux, de réaliser ensemble, comme on se l'était dit au début, nos films à nous, qui nous ressemblent, qui me ressemblent, sans producteurs, sans télé, sans précommande, sans scénario, juste des images, juste la beauté du moment capturée dans la durée. Le temps. Avoir du temps et n'avoir besoin de rien d'autre. C'était ce que je m'imaginais à nos débuts, on n'en est pas loin pourtant, même s'il est le seul à réaliser, que je suis encore au son comme son ex-femme. Mais cette fois, pour la première fois, j'ai touché à l'image. J'ai réalisé toutes les vues aériennes, au drone, à contrôler les prises de vue et l'engin volant que je n'ai jamais perdu ni même cassé, sauf une aile, une fois, à l'atterrissage, mais qu'est-ce que c'est qu'une aile ? Rien.

Sur les cinquante-deux minutes, au moins dix minutes d'image et cinquante-deux de son seront de moi. Mais je n'ai été engagée que pour mes oreilles, mon nom ne figurera qu'une fois au générique qui défile tellement vite que personne ne le verra, sauf moi. Même là, je n'existe pas.

Mais à ses yeux à lui, j'existe. Quand je marche vers lui, j'existe. Pendant ses vacances à lui, j'existais aussi. Il a suivi mon planning jour par jour, à quelques événements près. Le petit restaurant sur les hauteurs de Nice où on cuit la viande au feu de bois, les glaces artisanales à la lavande et aux olives de la vieille ville, la fondation Maeght, et sa musique qu'il écoutait, la même que la mienne à des milliers de kilomètres, dans la voiture aux oreilles de tous, de toutes ses femmes dans la voiture que j'ai conduite avec mon odeur, la sienne, la nôtre, sur sa ceinture. Il a même crié mon prénom, sans s'en rendre compte, en passant devant un panneau avec l'accent belge.

Six mois depuis notre premier baiser, le long du parc Montsouris, six mois ça se fête, la moitié des noces de coton. Un bout de coton tige. Quand on s'est retrouvés, il y a un peu moins de dix jours, c'était à sa boutique, quelques heures après ma descente d'avion. Il m'a sauté dessus, me jetant sur la mousse, me dévorant comme les lions que je venais de quitter. Il avait un sourire permanent, il m'a fait l'amour avec son sourire, il voulait me dire avec son corps, sa bouche, qu'il était à moi, uniquement à moi et qu'on ne se quitterait plus jamais, qu'il n'y aurait plus jamais de huitième mois sans nous, plus jamais un été sans nos corps collés.

Six mois, personne ne fête ses six mois. Si, les adolescents en couple. Ils fêtent les mois, les quinzaines, les semaines, comme s'ils n'avaient aucune chance de parvenir jamais à une année. C'est long une année pour eux qui n'en ont pas encore beaucoup. Mais nous, la trentaine, lui bientôt quarante, six mois d'infidélité ensemble, c'est aussi beaucoup.

On est dans un très bon restaurant, un bistronomique comme on dit. On reprend nos habitudes pour cette rentrée, comme des collégiens. Se voir tous les jours, faire l'amour tous les jours, prendre le temps de vraiment bien faire l'amour au moins une fois par semaine.

Aujourd'hui par exemple, on va dans ma chambre de jeune fille, notre refuge quand mes parents ne sont pas là. Comme ils ne sont pas là souvent en ce moment, c'est notre nid.

Pour notre anniversaire, on prend le temps de manger, de s'imaginer sous notre couette avec mes bas qui l'effleurent sous la table.

Je lui offre son cadeau, lui n'en a pas, c'est normal, c'est moi qui en fais trop. À l'intérieur, j'y ai glissé un billet, sinon ça porte malheur, toujours remplir un porte-monnaie avec une petite pièce pour attirer l'argent. Là, c'est un petit billet de dix euros sur lequel j'ai gravé nos initiales au stylo Bic entouré d'un cœur, un tout petit, à l'emplacement des Balkans. Il doit toujours y être ce petit billet doux dans ce porte-carte protégé par une pin-up.

C'est le 4 septembre, le jour de la rentrée des classes, c'est bientôt ma rentrée aussi, en thèse, en licence de bulgare. Lui retravaille déjà, mais il est libre de son temps comme un artisan, l'autre est déjà enfermé dans sa salle de montage. Ça nous laisse un peu de temps. Un été indien où je serai collée à lui pour quelques jours encore.

Je dois faire un peu plus attention maintenant. Depuis quelques jours, on héberge sa sœur à la maison. Ça arrive souvent. De plus en plus. Elle vient de sortir de l'hôpital, de l'asile, on nous l'a confiée. Il est allé la chercher à Rouen, le lendemain de notre retour d'Afrique. Ça me faisait plus de temps sans lui.

Elle avait encore débloqué, eu des délires paranoïaques, un peu trop voyants, un peu trop publiques. Elle était dans le RER, et quelqu'un lui aurait posé des écouteurs sur les oreilles, juste des mains et juste un son. C'était une émission de radio, j'étais au micro, j'étais interviewée. Je racontais des choses intimes, des secrets aux oreilles de tous. Je mettais en danger son frère, son petit frère chéri, je révélais des secrets de tournage, les lieux où on se trouvait, je mettais en danger notre maison, j'indiquais aux voleurs potentiels qu'on pouvait venir se servir librement chez nous, qu'il n'y avait pas d'alarme, que la porte fermait mal. Moi qui étais au milieu de la savane, je m'étais dédoublée pour cracher mon venin en direct sur les ondes françaises. La terre entière écoutait, évidemment, tout le monde avait comme elle ce casque maléfique sur les oreilles qui répandait des horreurs sur son frère et sur elle. On la filmait en même temps pour voir ses réactions, j'étais en direct sur ses oreilles, et elle était en direct sur les écrans, aux yeux de tous.

Elle a tout de suite fait le rapprochement avec cet homme aux grands pieds, qui erre parfois devant la maison, qui a des lunettes infrarouges qui peuvent filmer et enregistrer ce qui se passe derrière les murs. Des lunettes ultrapuissantes qui espionnent nos moindres faits et gestes. Cet homme aux grands pieds, elle m'en parle depuis des années. Elle me demande souvent si je n'ai pas aperçu un homme aux grands pieds devant la maison, si je n'ai pas laissé entrer un homme aux grands pieds. Maintenant je pourrais lui répondre que oui, qu'un homme aux grands pieds est entré dans ma vie, qu'il patiente devant la maison, klaxonne pour me faire signe dès qu'il passe par là, pénètre dans la maison pour me prendre, me voler à son frère chéri.

Elle s'est retrouvée enfermée un mois entier, le fameux mois maudit, encore plus pour elle, après notre voyage chez ses parents dans le Sud, où elle était déjà bien dérangée. On a reçu un appel de l'hôpital qui l'avait recueillie, elle était hors de danger, mais devait se faire soigner pour ne plus être un danger pour les autres.

J'ai découvert cette maladie avec elle, sur le tard. La paranoïa. Ça lui est tombé dessus un jour comme ça, à quarante ans passés. Elle avait déjà bien sûr quelques prédispositions, quelques talents depuis toute petite. C'est une maladie étrange, intelligente, elle l'était justement, étrange, intelligente, trop peut-être. C'est subtil comme maladie la paranoïa, les faits qu'elle imagine sont vrais, exacts, mais les liaisons sont erronées.

Une fois qu'on revenait du Japon, elle m'a demandé si je n'étais pas morte là-bas. Quelqu'un lui avait montré une image de moi dans un cercueil de verre, entièrement nue. J'ai dû me justifier d'être vivante, mais je ne sais pas si je l'ai convaincue.

Elle est chez nous maintenant, pour quelques jours encore, le temps de se remettre. Elle traîne dans la maison comme un fantôme, éparpillant ses affaires et imaginant que tout le monde est fou sauf elle. Elle boit de l'eau, des litres d'eau, pour retirer le poison de son corps, le poison dissimulé dans ces cachets qu'on la forçait à prendre à l'hôpital. Elle boit et pisse toute la journée, sans tirer la chasse d'eau, pour évacuer les micros planqués en elle, qui l'épient de l'intérieur de son gros intestin.

Je dois faire un peu plus attention maintenant pour le voir, pour sortir de chez moi, rentrer sans morsures ou autres marques visibles. Elle, avec ses pouvoirs paranoïaques, elle pourrait révéler mon amour des Balkans, ma haine pour son frère et encore plus pour elle.

On doit faire attention, notre amour est fragile, attaqué de toutes parts, cette folle comme chaperon pour moi, une autre folle pour lui. Une ancienne maîtresse qui ne veut pas céder sa place, qui pense qu'elle peut le reconquérir par sa faiblesse, son besoin de sexe. Elle le harcèle jour après jour, six mois après, lui envoie des messages déplacés, des propositions de fellation, juste un coup de langue, juste sa queue, juste sa langue, juste un petit coup les yeux fermés, sans les mains. Il me montre tout, m'envoie tous ses messages. La pauvre ! Elle ne s'est pas remise de cette rupture le jour où il m'a juré fidélité. Ça faisait des années que ça durait pourtant, qu'elle était son trou sans importance, son plan cul pour combler son emploi du temps d'infidélité, quand lui le désirait.

C'est peut-être ça le malentendu, le quiproquo, pour elle c'était du sérieux, elle était sa maîtresse, c'était son seul amant, son seul amour, même si elle ne le lui avait jamais dit, même si elle jouait son jeu. Elle me fait pitié avec son rêve insensé qu'un jour il quitte sa femme et ses enfants pour elle, qu'un jour il tombe amoureux d'elle comme il est tombé amoureux de moi. Elle doit me haïr, moi qui lui ai chamboulé sa vie sentimentale avec cet homme qui un jour l'aurait peut-être aimé, qui sait ? On se croise parfois dans ses stratégies désespérées pour le récupérer, comme une ancienne concubine bafouée d'avoir perdu sa place. C'est exactement ça, dans notre banlieue, je suis la favorite du seigneur des étoffes, des fauteuils Louis XIV ou Louis XV, qui a relégué une vieille maîtresse insignifiante au bas de l'échelle de l'invisibilité.

Mais, depuis les vacances, je dois aussi me méfier d'elle, de sa reine, cette femme légitime, comme de toutes les autres. Le week-end dernier, sa femme l'a convoqué dans la salle de bain pour faire un point. Un point sur les vacances, sur cette année, sur ses absences, sur son absence, sur leur couple. Elle n'a rien demandé, elle ne veut pas vraiment savoir, ce ne serait pas acceptable. Elle lui recommande juste de changer, de se rapprocher, comme des résolutions du Nouvel An, de faire des choses ensemble, eux qui ne font plus rien depuis si longtemps. Ils feront des week-ends à deux, ils iront une fois par semaine au cinéma, et ensuite dans un petit restau ensemble pour parler du film, en amoureux. Elle prévoit déjà leurs prochaines vacances en famille, loin, très loin, et pourquoi pas le Botswana ou le Laos ? Pendant les vacances de février ou d'avril ? Le premier avril. Tenir jusque-là.

Notre amour si beau, si pur dans cette rentrée si perfide avec ces sirènes diaboliques qui veulent nous détourner de notre bonheur adultère. Se boucher les oreilles, rester sur notre bateau, notre barque, notre radeau, s'obstiner à n'écouter que nous, refuser tous les chants envoûtants et primaires de ces monstres qui voudraient nous faire trébucher sur notre droit chemin. Empêcher les inconnus de nous mettre un casque sur la tête avec des chants mélodieux, odieux, ne pas finir à l'asile, moi qui suis folle de lui, comme toutes les autres.

Je me sens seule, si seule, désemparée. Jusqu'à présent, j'étais belle, forte, brillante, ma double vie m'enivrait. Je ne pétille plus. Je le vois dans ma glace le matin avant d'aller le rejoindre. Mes yeux sont tristes. Je pleure de plus en plus, de mieux en mieux. J'arrive à sortir mon malheur par les orbites et quelques coups de doigts plus tard, rien n'y paraît, mon maquillage ne coule même plus. Pour tricher un peu, j'ai acheté du mascara et du crayon noir waterproof.

Le matin quand je ne reçois pas mon point, je suis en apnée, je ne sais rien faire d'autre qu'attendre. Attendre ce petit point ridicule qui rythme ma vie, mes pensées. Depuis la rentrée, depuis que la vie a repris son cours, les petits points sont un peu moins réguliers, un peu moins en avance. On déjeune ensemble tous les midis, c'est notre accroche, notre inéluctable, mais pour le reste, je suis à sa merci. C'est lui qui dicte mes journées, mon appétit, mon humeur, ma sexualité, mes partenaires. Bien sûr, il n'en sait rien, je cache bien mon jeu, comme mes larmes, mais ma vie ne tient plus qu'à son petit point suspendu qui ressemble de plus en plus à un point final.

Il est onze heures. Nous sommes lundi. Après un dimanche sans point, aucun, sauf sur le i. Il est même plus de onze heures, et toujours rien. Quand on s'est quittés samedi soir tout allait bien pourtant. Sur le chemin de sa maison, j'ai pleuré, un peu seulement, sur notre situation, sur son non-déclic, sa non-force, son non-courage, mais il avait été compréhensif, réconfortant. Son Stop ressemblait à tous les autres stops du samedi. Et plus rien. Allongée sur mon lit défait, je le maudis. Je le hais. Ce lit trop souillé qui est une farce aux yeux et à la peau de l'homme qui le partage et le souille avec moi.

Les draps tournent dans ma machine à laver, à soixante degrés. Je l'entends cette lavandière, prisonnière de ma cuisine, qui tente d'assainir cette couche qui m'irrite, me dégoûte au bout d'une semaine de ses poils, de ses habitants microscopiques, plus nombreux que nous sur terre, des milliards dont je suis la déesse, l'offrande, et aussi l'exterminatrice à partir de soixante degrés.

Je suis une droguée, une droguée à toi qui me détruit. Onze heures quatre et tu ne m'appelles pas encore. J'attends ce petit point qui va arriver, sûrement, sur l'écran brisé de mon téléphone que je maudis à ta place. Je regarde cet objet abject et je l'insulte de son silence. Connard. Connard. Connard. Répété peut-être cinquante fois depuis mon réveil. Connard, connard, connard, connard. J'entends cette insulte scandée qui s'évade encore et encore du tambour de ma machine à laver, de mes draps qui tournent, qui frappent en rythme, qui te maudissent aussi.

J'ai déjà préparé toutes les stratégies pour répondre à ce même point, point qui signifie qu'enfin j'ai le droit de correspondre avec celui qui me déchire. Je te hais. Je te méprise. Comment oses-tu faire battre mon cœur si vite, si fort ?! Pourquoi ces larmes coulent-elles sur mes joues innocentes pour finir noyées dans mon matelas sans protection.

. ...
... .
... .
... .
... .
... .
... .

-.-. / . ... - / .. -.. .. --- - --..-- / ... .. / --- -. / - .-. .- -.. ..- .. - / -.-. . ... / .--. . - .. - ... / .--. --- .. -. - ... / . -. / -- --- .-. ... . --..-- / -.-.. .- / -.. --- -. -. . / .-.. . ... / .-.. . - - .-. . ... / . / . - / ... --..-- / -.-.. .- / -. / .- / .- ..- -.-. ..- -. / ... . -. ... --..-- / -.-. --- -- -- . / -. --- ..- ... .-.-.- / ...- --- ..- ... / ... .- ...- . --.. / .-.. .. .-. . / .-.. . / -- --- .-. ... . / ..--.. / -- --- .. / .--- . / .-.. / .- .. / .- .--. .--. .-. .. ... / -- .- .. ... / .--- . / -. . / ... ..- .. ... / .--. .- ... / .-. .- .--. .. -.. . .-.-.- / .-.. . / - .. - .- -. .. -.-. / .- ..- .-. .- .. - / -.-. --- ..- .-.. . / .- ...- .- -. - / --.- ..- . / -- . ... / -.. --- .. --. - ... / .- .-. .-. .. ...- . -. - / .- ..- / -... --- ..- - / -.. ..- / -- . ...- --. . .-.-.- / .. .-.. / .- / -.-. --- ..- .-.. . / -.. . / - --- ..- - . / -- .- -. .. .-..- .-. . --..-- / -.-. --- -- -- . / -. --- - .-. . / .... - --- .. .-. . --..-- / -. --- - .-. . / .- -- --- ..- .-. .-.-.- / --.- ..- . / ..-. . .-. .. . --.. -....- ..- --- ..- ... / .- / -- .- / .--. .-.. .- -.-. . / ..--.. / .--- . / .-.. . / --.- ..- .. - - . / ..--.. / .--- . / .-.. / .- - - . -. -.. ... / ..--.. / .--- . / .-.. . ... / --.- ..- .. - - . / ..--.. / .--- . / .-.. . ... / --.- ..- .. - - . / - --- ..- ... / ..--.. / .--- . / .--. .- .-. ... / . -. / -.-. --- ..- .-. .- -. - / .- ...- . -.-. / -- --- -. / ..- - . .-. ..- ... / .--. .-..

. .. -. / -.. . / .-.. . ..- .-. ... / ... . -- . -. -.-. . ... / . - / .--- . / ..-.
.- .. ... / -- --- -. / . -. ..-. .- -. - / - --- ..- - . / ... . ..- .-.. . / ..--
.. / . ... - -....- -.-. . / --.- ..- . / - --- ..- - / -.-.. .- / .- / ..- -. /
... . -. ... / ..--.. / . ... - -....- -.-. . / -... .. . -. / .-. . . .-.. / ..--..
/ . ... - -....- -.-. . / --.- ..- .. .-.. / . ... - / .-. . . .-.. / ..--.. / . ...
- -....- -.-. . / --.- ..- . / .--- . / -. / .- ..- .-. .- .. ... / .--. .- ... /
- --- ..- - / .. -. ...- . -. - . .-. / .--. --- ..- .-. / -- . / -.. --- -. -. .
.-. / .-.. .- / ..-. --- .-. -.-. . / .-.. . / -.-. --- ..- .-. .- --. . / .-.. . /
-.. . -.-. .-.. .. -.-. / -.. . / -.-. .... .- -. --. . .-. / -.. . / ...- .. . /
..--.. / --.- ..- . / .--- . / ... ..- .. ... / - . .-.. .-.. . -- . -. - / ..-. .-
.. -... .-.. . / --.- ..- . / .--- . / .-. . ... - . / .-.. .- / .- / -- . / --.
.- -.-. .... . .-. / .- ...- . -.-. / ..- -. / -- --- .-. - --..-- / ..- -. / ..-.
.- -. - --- -- . / ..--.. / --.- ..- .. / -. . -..- .. ... - . / .--. .- ... /
..--.. / --.- ..- . ... - -....- -.-. . / --.- ..- . / ...- --- ..- ... / ..-. . .-.
.. . --.. / ..--.. / .--- . / ... ..- .. ... / ..-. --- .-.. .-.. . .-.-.- / -.-.
--- -- .--. .-.. . - . -- . -. - / ..-. --- .-.. .-.. . .-.-.- / -.-. --- -- -- . /
... .. / ...- --- ..- ... / .--. --- ..- ...- .. . --.. / -- . / .-. . .--. --- -.
-.. .-. . / . - / -- / .- .. -.. . .-. --..-- / -.-. --- -- -- . / .-.. ..- .. /
--.- ..- .. / -. / . -..- .. ... - . / .--. . ..- - -....- . - .-. . / .--. .- ...
--..-- / .--. . ..- - -....- . - .-. . / .--. .-.. ..- ... / -.. .- -. ... / -- .- /
...- .. . .-.-.- / ... .. / -.-.. .- / ... . / - .-. --- ..- ...- . --..-- / ...-
--- ..- ... / -. . / ... .- ...- . --.. / -- . -- . / .--. .- ... / .-.. .. .-. . . /
.-.. . / -- --- .-. ... . --..-- / . - / ...- --- ..- ... / .-. . --. .- .-. -.. .
--.. / -.. . ... / .--. --- .. -. - ... / . - / -.. . ... / - .-. .- .. - ... / ...
.- -. ... / -.-. --- -- .--. .-. . -. -.. .-. . --..-- / .--. .- ..- ...- .-. . ...
/ .. --. -. .- .-. . ... --..-- / .--. .- ..- ...- .-. . ... / -.-. --- -. -. .- .-.
-.. ... / --.- ..- . / ...- --- ..- ... / . - . ... --..-- / .--. . ..- - -....- .
- .-. . .-.-.-*

MON IL FLOTTANTE

. … . …, c'est idiot, si on traduit ce petit texte en morse, ça donne les lettres E et S, ça n'a aucun sens, comme nous. Vous savez lire le morse ? Moi je l'ai appris mais je ne suis pas rapide. Le Titanic aurait coulé avant que mes doigts arrivent au bout du message. Il a coulé de toute manière, comme notre histoire, notre amour. Que feriez-vous à ma place ? Je le quitte ? Je l'attends ? Je les quitte ? Je les quitte tous ? Je pars en courant avec mon utérus plein de leur semence et je fais mon enfant toute seule ? Est-ce que tout ça a un sens ? Est-ce bien réel ? Est-ce qu'il est réel ? Est-ce que je n'aurais pas tout inventé pour me donner la force, le courage, le déclic de changer de vie ? Que je suis tellement faible que je reste là à me gâcher avec un mort, un fantôme ? Qui n'existe pas ? Qu'est-ce que vous feriez ? Je suis folle. Complétement folle. Comme si vous pouviez me répondre et m'aider, comme lui qui n'existe peut-être pas, peut-être plus dans ma vie. Si ça se trouve, vous ne savez même pas lire le morse, et vous regardez des points et des traits sans comprendre, pauvres ignares, pauvres connards que vous êtes, peut-être.)

. ...
....
... .
... .

.

...

Mon amour, mon Namur, ma vie, ma ville, mes Balkans, mon univers. À onze heures cinq tu reprenais contact avec moi, à onze heures sept je te pardonnais alors que mon lave-linge tournait et tambourinait encore et encore, plein de rage : connard, connard, connard…

Mon il-otisme

Maintenant mes draps sont secs, ils sont même à leur place sur le lit et je n'ai fait que dormir dedans. Il n'est même pas onze heures et je me suis faite jolie. Une robe grise en cachemire et soie, des collants noirs, des talons gris velours. Je suis mince, plus que mince, on m'a même traité de maigre, dit qu'on ne me reconnaît pas. Je suis assez fière de flotter dans mes vêtements, de ne plus avoir de cellulite. Il me prend en photo alors que je vais partir le retrouver, avec mon manteau gris, et mon écharpe à petits pois, il me trouve belle comme ça, rachitique. Je pose, je souris, mais ça ne m'amuse plus d'être son modèle et surtout que lui soit mon photographe, celui qui dispose de mon image, de mon âme capturée de plus en plus contre mon gré, comme un trophée de chasse, comme un objet qu'on expose parmi d'autres, sans essence, sans vie.

Pour se faire pardonner de mes larmes de la veille, il me propose de passer toute la journée ensemble, il m'emmène déjeuner dans un nouveau restaurant. On se retrouve à sa boutique pour un petit café, par habitude, le temps qu'il finisse ce qu'il a à faire. Je prends le casque de secours, le mien, avec mon odeur incrustée dedans. On monte sur son scooter, lui à l'avant et moi collée à lui. Il démarre dans la bruine et le froid d'un mauvais jour de septembre. On est encore sur le trottoir et mes yeux voient passer un homme au coin de la rue, à droite. Ma rue, mon homme, mon mari. Je détourne la tête, je cache mon visage coincé dans le casque, je lui dis de démarrer, de partir vite, vite. Il ne l'a pas vu, il ne comprend pas pourquoi je lui hurle dessus à voix basse, pourquoi je lui pince le bras. Il m'obéit quand même, descend du trottoir, rebondi brusquement sur la route.

Il est allé tout droit, il n'a pas regardé à gauche, il ne m'a pas vue, il ne nous a pas vus sur ce scooter, il ne se doute de rien. Il va juste au métro, ou chercher une Autolib' pour aller au montage, en fait je ne sais pas où il va sans moi. Il suit peut-être juste son chemin sur son téléphone sans se douter qu'il vient de croiser son adultère de femme, sa putain de femme et son amant. Il ne se doute pas que je suis à quelques mètres de lui avec un autre homme, il ne se doute pas que depuis six mois je le retrouve tous les jours ouvrés à quelques pas de notre maison, il ne se doute pas, il ne se doute de rien. Il est un passant comme un autre, et nous, un scooter comme tant d'autres.

Quand on est hors de son champ, hors de sa vue d'aveugle, hors de danger, je lui raconte ce que j'ai vu, à lui qui n'a rien vu. Il me demande si je suis sûre, si on ne risque rien, si lui ne risque rien, si sa femme ne risque rien. Il me demande de l'appeler pour vérifier, pour être sûr. Je l'appelle feignant une question d'organisation. Il me parle comme si de rien n'était, comme s'il avait tourné à droite et pris le même chemin que d'habitude pour aller vers sa routine. En tout cas il n'a rien compris, il n'a rien vu.

Notre déjeuner ne tourne qu'autour de ça. Je le regarde paniquer à travers ses mots, ses phrases anodines. Je me dis qu'il ne pourra jamais la quitter, jamais pour moi, qu'on tire sur la corde de notre amour, de plus en plus, en espérant qu'elle ne se casse pas, pas tout de suite, pas encore.

On fait l'amour dans ma chambre de jeune fille. Je pose mon téléphone discrètement, à l'horizontal, écran caché. Je cadre le lit. Je filme, je nous filme en train de faire l'amour dans des positions tordues, je le filme sur moi, derrière moi, moi sur lui, de dos, de face, je nous filme en train de jouir, comme des preuves de nous, comme un film pour faire chanter un homme infidèle. Il n'en sait rien. Cette vidéo, je ne la garderai pas dans mon téléphone, elle ira en pièce unique sur ma clé USB.

Au cas où. Au cas où je ne sais pas quoi, mais au cas où quand même.

Je pars directement là-bas, au centre de Paris, au cœur de Saint-Germain, à la Sorbonne. Je continue à suivre mes séminaires obligatoires menés par ma directrice de thèse. Je suis assise parmi les autres doctorants, qui eux avancent, écrivent, moi, je ne fais que de la présence. Elle me lance parfois un regard un peu plus soutenu, elle qui sait, comme pour me motiver moi, qui suis immobile avec mon papier et mon stylo, et ma tête et mon corps et ma vie et mon utérus. À l'arrêt.

Alors qu'on parle du pouvoir de la parole, je regarde machinalement mon téléphone que j'ai délaissé depuis quelques minutes. Trois appels en absence. Trois appels de celui qui est redevenu une initiale, une lettre, même plus, une lettre cyrillique, une consonne qui ne ressemble à rien dans ce quartier latin. Trois appels, c'est inhabituel, suivi d'un message en majuscule : « RÉPONDS-MOI VITE »

J'imagine tout. Le pire, les pires. Qu'il est avec lui, qu'il nous ait vus en fait, avec ses yeux qui voient tout, et le reste de son visage qui ne dit rien, qu'il est devant lui avec un pistolet, un fusil, un poignard, une lance Massaï. Que la vidéo innocente de tout à l'heure a été piratée, hackée par ceux qui s'en prennent à ma paranoïaque de belle-sœur, pas si paranoïaque que ça au final. Que sa femme a tout découvert et menace de se suicider s'il ne me quitte pas. Qu'il me quitte, que tout est fini.

Tous ces scenarii, je les vis au moment où mes yeux découvrent son message. Ma tête malade va trop vite, dans tous les sens et c'est pour ça que j'aime la vérité, elle m'apaise, elle est toujours plus douce, moins terrible, moins multiple que mon imagination fantasmatique.

Je me lève de ma chaise alors que j'étais si bien installée, coincée au milieu de tous et surtout face à elle pour ne pas me déconcentrer et faire semblant d'écouter. Je m'excuse, prends mon téléphone, fais comprendre que quelque chose de grave se passe hors de cette classe de docteurs et que je n'ai pas le choix. Je le rappelle avant même d'être sortie entièrement. Je l'entends crier, hurler, je ne distingue pas trop ce qu'il dit, il y a du bruit autour, des sirènes. Il s'est bloqué le dos, le bas du dos, les jambes, il ne peut plus bouger, il conduisait son camion, ça l'a pris comme ça, les pompiers sont déjà là, ils vont l'emmener mais pour l'instant il n'arrive pas à sortir du siège conducteur, une civière est déjà prête. Il faut que je vienne récupérer le camion, il m'indique l'endroit où il est mal garé, sur une nationale que je ne connais pas. Il laisse la clé au-dessus de la roue arrière droite, c'est un pompier qui l'a mise là pour moi. Je dois ramener le camion à la boutique, il m'aime, il m'appelle dès qu'il le pourra mais d'ici là je ne dois rien envoyer, sa femme le retrouve à l'hôpital, elle aura son téléphone. Il m'aime. Stop.

Ça fait beaucoup d'informations pour moi. Je n'ai rien pu dire, je lui ai glissé un «Je t'aime, je suis avec toi, bonne chance», mais je ne pense pas qu'il a entendu.

Et me voilà sous la pluie à la recherche d'un camion abandonné, s'il n'a pas déjà été volé. Un camion sur une nationale, un camion en fin de vie, comme son conducteur, un camion bicolore, blanc et rouille, un camion comme les compatriotes de mon pays imaginaire, les seules plaques venues de l'Est à la recherche de ferraille-ferraille.

Il est là mon tas de ferraille, mal garé sur le côté. Je ne trouve pas la clé, je n'ai jamais conduit de camion, pourquoi il me demande ça à moi, pourquoi pas à n'importe qui d'autre, peut-être que le seul intérêt de son appel c'était que je ne le contacte plus, ne pas risquer de se faire pincer par sa femme, comme le pincement de ses disques L4 et L5. Pourquoi à moi qui suis aussi perdue que ce camion français qui fait tellement gitan, des Balkans, comme lui, comme moi, comme nous, comme cet enfant que nous pourrions avoir ?

Je rentre trempée, les mains noires de cambouis, la mine défaite par la peur qu'il ait mal, qu'il soit handicapé, mort peut-être, sachant seulement le camion bien au chaud comme il me l'a demandé, sa dernière volonté.

Il était inquiet, il est tard, je ne répondais pas, je ne ressemble plus aux photos de ce matin qu'il a regardées toute la journée, je ne ressemble plus à rien.

Le lendemain, je suis en route pour l'hôpital, j'ai tout annulé pour lui, pour aller le voir, dans sa chambre sur son lit automatisé. Il a un lumbago aigu, il est sous morphine, ça va passer, la douleur va passer, on ne peut pas l'opérer, il doit rester quelques jours à l'hôpital et ensuite il sera en convalescence, chez lui.

Sa femme vient de partir. Il attend d'être sûr qu'elle ne va pas faire demi-tour. J'attends aussi, sur un banc devant l'hôpital. Je regarde chaque femme qui sort, imaginant que ça pourrait être elle, même si je sais très bien à quoi elle ressemble.

Il m'autorise à entrer. Le temps des visites des maîtresses et autres relations non familiales. Il est heureux de me voir, joyeux que je sois là, content de mes cadeaux, de mes chocolats de convalescence. Entre deux passages du corps médical, on trouve le temps de faire l'amour. Je l'aide à se lever, je le déplace comme une infirmière pour ses besoins dans la salle de bain, seul espace intime, et debout face au miroir, accroché au lavabo médical il me pénètre, moi et seulement moi, personne d'autre, il me dit qu'il m'aime moi, seulement moi et personne d'autre, ni sa femme, ni les infirmières, ni personne d'autre, il pleure sur moi de sa douleur physique qui a rejoint notre douleur d'amour, impossible et cruel.

Le mois de septembre passe comme des figues aux raisins, puis aux poires et aux pommes. Nous sommes déjà le 21, j'arrive à mon déjeuner prévu depuis l'été avec ma meilleure amie, toujours dans le même restaurant, toujours en retard. On ne s'est pas vues depuis les vacances, mais elle sait tout, je lui ai tout raconté, tous les détails de ma perdition. Elle m'écoute, c'est une des rares, voire la seule, qui ne me juge pas, qui ne me dit pas ce que tout le monde pense derrière mon dos : « Quitte-le ! Tu t'es vue ? Il te mène en bateau, jamais il ne quittera sa femme, c'est vieux comme le monde son truc, y a que toi pour le croire encore, mais ouvre les yeux, tu es affreuse, un déchet, tes yeux sont injectés de sang, ton nez coule encore, tu fais peine à voir, franchement ressaisi-toi et arrête tes conneries ! »

Elle ne me le dit pas, elle ne le pense peut-être même pas, elle m'écoute comme une psy, moi et mes émotions.

Je suis contente de la voir, surtout aujourd'hui, ça ne va pas du tout, il vient de m'apprendre qu'il part avec elle. Il me dit que c'est elle qui a organisé un week-end surprise pour faire revivre leur couple, le sortir de leur néant. Si ça se trouve, c'est lui qui a tout organisé pour elle, ou alors il a cédé, en tout cas, il m'a annoncé ça comme ça, et je ne peux rien faire qu'accepter, donner ma bénédiction à leur amour, à leurs corps mélangés dans des hôtels alsaciens, ivres sur la route des vins. J'espère qu'ils mourront plantés dans un arbre, le sang alcoolisé se répandant sur cette terre souillée de leur présence dégueulasse. Je n'ai pas pu lui cacher ma haine, je l'ai insulté, maudit, je lui ai raccroché au nez et maintenant, il ne me répond plus, il ne lit plus mes messages, il m'a bloquée sur son téléphone, dans sa vie.

Elle, qui m'écoute toujours, interrompt mes plans d'homicide volontaire. Elle doit me dire quelque chose, il faut qu'elle le dise maintenant car elle ne veut plus garder ce secret. Elle est enceinte, ça fait des mois qu'elle essaye de me le dire, elle n'a jamais trouvé le moment, et je suis tellement perturbée par mon histoire qu'on ne parle plus d'autre chose. Elle est enceinte de quatre mois, elle avait peur de me le dire car c'est moi qui aurais dû être enceinte la première, avant elle. Des années que ça ne marche pas pour moi, que j'en parle, et elle, en deux mois, elle est en cloque. Elle avait peur de me faire de la peine, que je le prenne mal, que je la déteste, mais là, elle ne peut plus attendre, elle arrive à son cinquième mois et ça commence à se voir.

Mais non, je suis très heureuse pour elle, vraiment. Je me mets à pleurer, je lui dis que c'est la joie, l'émotion, mais pourquoi elle ne me l'a pas dit avant. Elle pleure aussi, sûrement les hormones, je touche son ventre, je touche ce ventre qui aurait dû être le mien, voire un peu plus gros d'un mois, de deux mois, de plus, si je n'étais pas allée refaire ces fauteuils. C'est à cause de ces maudits fauteuils que ma vie s'est arrêtée !

Je suis contente pour elle, pour eux, vraiment, c'est dans l'ordre des choses, après quelques années ensemble, un mariage, après, ce sont les enfants, c'est normal. Je suis vraiment contente pour elle. Je suis tellement triste pour moi, moi et ma maigreur, alors que je devrais être grosse, engrossée, déformée, avec un gros ventre, une grosse poitrine, de gros mamelons, des jambes lourdes, des varices, la nausée, une belle peau paraît-il, de beaux cheveux, des beaux ongles, des yeux qui pétillent. Je suis maigre, hideuse, sèche, je n'ai plus de seins, des veines apparentes de ma maigreur aux mains, au front, une peau tirée, des ongles trop peints, des cheveux emmêlés que je m'arrache, la nausée de mon image, tout droit de reproduction interdit, je ne me ressemble pas, je ne me ressemble plus. Il ne décroche pas, il ne décroche plus, c'est fini, c'est ce que je lui ai dit, ce sont les derniers mots qu'il a entendus de ma bouche, que je lui ai écrits, que je viens de lui laisser sur son répondeur avant de jeter mon téléphone à travers la pièce et de hurler étendue sur mon tapis, affalée dans ma morve, ma bave, mes larmes.

Il est déjà rentré. Je n'avais pas vu qu'il faisait déjà nuit, il est déjà l'heure de ma vie de femme mariée. Mon autre journée commence, mais je ne suis pas en état. Il vient me retrouver tout gentiment, tout doucement, sur le tapis de notre chambre au bout du lit. Il me demande ce qui ne va pas, qui m'a mis dans cet état. Je lui parle de cet enfant dans le ventre de ma meilleure amie, que c'est injuste pour moi, que rien ne va dans le bon sens. Il me dit que je l'aurai mon enfant, bientôt, très bientôt. Je le déteste quand il dit ça. Tu l'auras ton enfant, et moi, je jouerai avec lui et on sera des super amis. Comment peut-il s'exclure à ce point de cette procréation, même dans les mots choisis, même là pour me réconforter ? Je sais que c'est ce qu'il pense vraiment, qu'il fait ça pour moi, pour que j'aie mon enfant, et qu'il jouera avec lui et qu'ils seront des super amis. Faire un enfant avec lui, c'est faire un enfant seule, un géniteur, c'est tout ce qu'il veut être, un géniteur et jouer avec lui par amour pour moi, parce qu'il me doit bien ça au bout de tant d'années ensemble.

Je l'imagine bien cet enfant, cet enfant unique, trimballé avec nous dans notre vie nomade, un enfant comme j'aurais adoré être, comme j'adorerais en avoir.

Bien sûr, les premiers six mois je ne bougerai pas, je resterai là à faire mon travail de couveuse, de nourricière, mais après, on partira tous les trois de voyage en voyage autour du monde. Je prendrai une nounou qui restera avec l'enfant pendant les journées de tournage ; et le soir, je redeviendrai mère, mère unique d'un enfant unique, parent unique avec un géniteur de réalisateur. On sera heureux tous les trois à se réveiller parmi les lions ou les orangs-outangs, il sera heureux à tout voir, tout toucher avec ses parents hors de la société établie pour tout connaître vraiment, passionnément, émerveillé.

Il me tire de ma projection d'un bonheur hypothétique, me demande si c'est tout, s'il n'y a personne d'autre qui me fait du mal, un homme, un autre homme. Si. Quelqu'un m'a fait mal, très mal au cœur, mais c'est fini maintenant.

Et je me mets à tout lui raconter pour en finir, pour partir avec lui et cet enfant presque sauvage au bout du monde. Je lui confie que j'ai rencontré quelqu'un, pour lui faire mal, pour me venger de lui, de ce qu'il m'avait fait, de ce qui m'avait fait tant souffrir, je le lui avais promis, je tiens toujours mes promesses, je ne pardonne jamais.

Je lui raconte tout, que j'étais amoureuse, que ce n'était pas voulu, pour faire pire que lui, que j'étais perdue, que je ne savais plus. Je lui raconte que lui, ce n'était personne, c'était un menteur, un vaurien, qu'il n'a aucune importance, qu'il n'existe plus, qu'il n'existe même pas, en tout cas pas dans ma vie, que c'est fini, que je pense m'être suffisamment vengée, que je suis fatiguée.

Il m'écoute. Il respire fort, entre les mots que je lui crache au visage. J'entends sa respiration, nasale, l'air chaud s'expulser de ses narines de cocu, je sens sa transpiration recouvrir son corps et son odeur âcre que je ne supporte pas. Je vois son visage se déformer, devenir de plus en plus monstrueux, ses yeux de plus en plus petits. Sa peau se met à battre, à rougir autour de son nez, son sale nez, son fameux appendice recouvert de points noirs et de peaux mortes, qui me dégoute à en vomir.

Il me dit d'aller me coucher sur le lit, de me calmer, que tout va s'arranger, il m'embrasse sur le front, comme un enfant, comme une malade, une convalescente.

Il est parti marcher pour y voir plus clair, pour se calmer de mes mots. Il marche toujours quand ça va mal, il dit que s'il ne marchait pas, il serait fou. Il l'est déjà, comme sa sœur, il parle tout haut, gesticule, il fait peur quand on le croise et qu'il marche pour se calmer.

Je ne suis pas inquiète, je sais qu'après sa balade il reviendra vers moi, qu'il m'excusera, qu'il me dira que je lui ai fait mal mais qu'il m'aime tellement qu'il me pardonne. Il me fera l'amour, tout ça l'aura excité, et il me fera jouir pour me punir de cet autre inconnu qui n'existe plus que dans sa tête maintenant.

Avant de m'endormir à ses côtés, je fouille dans mon sac à la recherche de ma trousse de maquillage, à la recherche de ma pilule qui bloque ma vraie nature. Je la jette dans la poubelle de la cuisine parmi les ordures de la journée, pour ne pas être tentée de la récupérer. Je reprends mon corps, ma vie bordélique en main, même s'il m'a déjà écrit, même s'il m'aime encore, plus que tout, même s'il va trouver le courage, la force, le déclic, très vite, et que je lui ai déjà répondu que moi aussi, et que ma vie était à lui. Même si je me couche à côté de ce corps qui n'est pas le sien, même si je ne sais pas qui sera le père de mon enfant et que je m'en remets désormais à cet être qui n'existe pas encore pour choisir mon destin.

> « À toi mon enfant qui n'existe pas encore, je dois te confesser tous les obstacles auxquels je suis confrontée pour te donner vie. Je m'en remettrai sûrement au destin le jour où tu viendras au monde, mais comme tu n'es pas encore conçu, sache que ta destinée a commencé bien avant ton premier cri. Ma petite âme qui s'éveillera dans ce monde complexe, laisse-toi porter par la vie. Sois un homme, un roi, un prophète mais jamais un dieu. Je ne veux plus porter le monde sur mes épaules de misérable pécheresse et je prie l'instant où je recommencerai à croire au hasard de la nature et de la vie. Mais je suis encore la déesse de mon corps et la créatrice de ton être.

Et comme ma différence avec Dieu repose sur mon besoin d'autre pour donner la vie, je ne peux te concevoir seule mais avec un homme, et un seul, le bon, ton père sûrement. Mais lequel ? Ah soit Dieu et non un homme. N'aie besoin de personne pour vivre, créer, être heureux et toi-même. Je commence à avoir envie de toi mon suiveur, mon éternité. Tout ce chemin que je parcours seule et trop accompagnée doit sans doute avoir un sens car il me mène à toi. Mais pour l'instant je suis encore perdue dans le labyrinthe de l'infini choix. »

Mon il-lusoire

Naître le jour des morts. J'aurais dû me méfier quand il m'a dit être né le jour des morts. Le jour des saints, la Toussaint, *El días de los muertos*, *Halloween*, tous ces rituels de cultures différentes célébrés le même jour, à quelques jours près. Le passage entre les beaux jours et l'hiver, la vie et la mort, et, quelques heures durant, les frontières qui s'ouvrent pour faire communiquer les deux mondes.

Une âme maléfique a dû en profiter pour s'emparer de ce nouveau-né, dont le destin était de venir me hanter quarante ans après.

Quarante ans, il a quarante ans aujourd'hui. Mon démon de midi. Mon démon tout court. Il est mon opposé. Il adore ses anniversaires, adore les fêter, encore plus les dizaines. Ces quarante ans, il va les fêter avec tous ceux qu'il aime, sa famille, ses amis, et il veut que je sois là, que je vienne. Il me le répète, me supplie, je serai une amie d'amie, une inconnue pour sa femme, pour tous sauf pour lui, pour nous. Je serai à ses côtés le jour le plus important de sa décennie. Il a organisé une grande fête dans un bus qui traversera Paris. Un bus touristique en fin de vie qui ne promène plus des étrangers en mal d'ailleurs ou de vieilles pierres, mais des fêtards en manque d'imagination, qui pensent que danser en équilibre devant la tour Eiffel ou la Concorde dans un aquarium en plein bouchon rendra leur soirée plus intéressante.

Je refuse. Jamais je ne pourrai me retrouver dans un huis clos avec lui et sa vie sans moi, jamais je ne pourrai faire semblant d'être une autre, un objet décoratif devant lui, qui jouera la comédie du mari, père, ami, jamais je ne pourrai être avec lui s'il n'est pas mon amant, uniquement mon amant. Je le laisserai seul dans son manège tournant, dans sa vie, seul avec son monde sans moi, je ne m'abaisserai pas à ça.

On a pourtant presque dérogé à mes principes le mois dernier. Il y avait un concert de mon musicien préféré, Bregović, un Yougoslave internationalement connu, qui mélange la musique traditionnelle des Balkans au rock, au pop, à l'électro, il a même sur scène des chanteuses bulgares avec leurs voix mystérieuses. J'avais les billets depuis longtemps, avant lui, lui aussi. J'y allais avec ma moitié, lui aussi. On y serait presque ensemble. Il était fou de joie à cette idée, moi terrorisée.

C'était une grande salle, enfin suffisamment grande pour que j'aie la folie d'accepter. J'y suis allée, lui aussi, eux aussi.

Je n'ai jamais autant détesté un concert que celui-là. Il m'avait dit où il se placerait pour que, par hasard, je puisse être à ses côtés dans la fosse, comme deux inconnus, deux Parisiens quelconques l'un pour l'autre, et se frôler les mains un instant. Je suis allée à l'opposé, exprès, avec une seule peur, qu'il me rejoigne et que je me retrouve nez à nez avec sa femme officielle, obligée de la voir se tortiller sur ma musique rêvée, mes origines imaginaires, comme tous ces Français que j'observe autour de moi, qui dansent sur des rythmes qui ne devraient appartenir qu'à moi, des accords sur lesquels ils n'ont aucun droit de se trémousser. Je suis jalouse de tous ces non-Balkaniques qui osent s'approprier un son qui ne les regarde pas. Lui aussi bouge de son corps franco-corse qui ne sait pas bouger. On me subtilise mes Balkans chimériques, ma Bulgarie que je me suis fantasmée de toute pièce avec cette musique qui semble maintenant appartenir à tout le monde, sauf à moi. J'ai tout fait pour ne pas le voir, pour ne pas les voir ensemble se tenir par les hanches et s'embrasser dans la sueur et la chaleur de la fosse. Lui m'a cherchée pendant cette heure et demie de torture, mais je m'étais faite si petite que j'ai réussi à disparaître parmi ceux qui m'avait volé mon âme slave.

Je vais lui souhaiter bon anniversaire, quand même, avant tous les autres, sans personne, tous les deux dans notre bocal avec du champagne et un gâteau, et un cadeau, et un lit, et des bas, et des talons, en son honneur, pour cette année de plus, cette décennie de plus, moi qui le connais depuis sa trentaine, quand c'était encore un jeunot.

Quarante. Lui aussi, je l'ai connu à quarante ans. Il avait déjà l'air vieux, les quarante ans d'avant, d'après-guerre, quand avoir quarante ans, c'était déjà vieux, déjà ridé, fripé. Je ne l'ai pas connu avant, je ne l'ai jamais connu jeune, mais il n'a pas dû trop changer, il doit avoir toujours été vieux. Un vieil homme dans un corps de vieux français. Heureusement que j'aime le vieux, tout vieux, sauf mon jeune de quarante ans.

Ce soir, je n'irai pas à sa fête, je resterai à terre, je le fêterai à ma façon pour ne pas être trop dévastée. Je sortirai, au restaurant, en couple, en amoureux si je pouvais l'aimer encore. On va dîner dans le centre de Paris pour changer, dans une brasserie mythique où je ne suis jamais allée, devant des baies vitrées avec la plus belle vue sur la capitale, de l'Art nouveau, du nouveau, de la nouveauté. J'ai réservé dans l'après-midi en sortant de ma chambre, pleine de semence nouvelle de quarantenaire. J'ai réservé après l'avoir quitté, en le couvrant de baisers pour qu'il m'oublie pas pendant sa soirée, en lui faisant un suçon contre son gré, près de son épaule, vers son aisselle, comme un bleu mal placé. J'ai réservé alors qu'il partait les bras chargés de cadeaux anodins, pour qu'il puisse les dissimuler dans sa vie de tous les jours. Des nouveaux boxers, identiques aux anciens, des chaussettes, des T-shirts, un blanc, un noir, comme n'importe quel T-shirt, un parfum, son parfum, le nôtre, et ce livre qu'il devra cacher ou même brûler. Mon livre préféré, mon écrivain préféré, un titre comme lui, une histoire comme nous : *L'Amant*.

Il ne l'a jamais lu, il ne le lira peut-être jamais, mais en tout cas, il l'aura reçu des mains de son amante, il en aura lu le titre, la couverture, la dédicace :

« Mon amour, mon grand amour, mon innommable, mon infini d'aujourd'hui,

Je voulais t'offrir pour le passage à cette nouvelle ère qui correspond pour les uns à la moitié de leur vie, pour certains à l'arrivée du démon de midi, et pour d'autres encore, s'ils s'en donnent la force, au début d'une nouvelle vie ce livre que je considère comme la plus belle écriture donnée à l'homme de découvrir.

Mon abruti, je ne suis pas une fleur, et tu ne viens pas de la Chine du Nord, mais je te promets, moi qui n'ai de sagesse que mon prénom, de te rendre immortel en gravant sur le papier notre amour irréel, notre folie inscrite seulement dans nos corps. Mon âme slave qui m'a réconciliée avec mon passé, a fait exploser mon présent autant que mon cœur de cet amour insensé, et qui a réussi à dissiper mon futur, je remercie quand même le destin de cette rencontre chaotique.

Si de notre amour ne naît pas en plus une immortalité physique dans la création d'un petit Chouke, je nous rendrai immortel par l'écriture.

Je t'aime absurdement mon inspiration de toujours. »

Il l'a lue devant moi. Je pense qu'il n'a pas lu chaque mot. Il l'a lue vite fait. Je pense qu'il n'a pas cherché à comprendre. Il m'a remerciée. Je ne pense pas qu'il ait gardé le livre, lui qui ne veut pas laisser de traces, aucune.

Mon amant. Il m'en parle tout le temps, dès qu'on est tous les deux et qu'on pourrait parler d'autre chose. Je sais qu'il ne pense qu'à ça, qu'il va m'en parler pendant le dîner, devant la baie vitrée qui donne sur le boulevard. Il ne veut pas en savoir plus, il est sûr de déjà tout connaître, il veut juste me le répéter encore et encore pour que ses images malades, son scenario pervers deviennent de plus en plus réels à ses yeux déformés de réalisateur. Du peu d'informations dont il dispose, il a brodé un personnage, une histoire, des lieux, des actions.

Il est Bulgare, ou Français, en tout cas il est professeur, c'est certain. Je l'ai rencontré à l'université. Il est tombé amoureux de moi, de ma soif de connaissance, de ma presque encore jeunesse.

Au départ, j'avais juste de l'admiration pour lui, pour son savoir, j'étais flattée de l'attention particulière que je suscitais en lui, de cette érection discrète sous sa table de maître, alors que je lui parlais dans la classe parmi les autres élèves. Bien sûr, il était marié, fidèle, n'avait d'yeux que pour sa femme avant moi. Un scientifique, un homme de science, un érudit, coincé dans ses recherches, n'ayant de contact avec le monde réel qu'à travers ses étudiants. Et il est tombé sur moi, ce malheureux, sur sa tentatrice de femme qui aime les pygmalions dans tous les domaines, et après avoir fait le tour du documentaire, je m'attaquais à la science, à la recherche, aux chercheurs. Pauvre de lui, pris au piège.

Je lui avais promis de me venger, après ce qu'il m'avait fait, après sa haute trahison, si honteuse pour moi que je n'ai jamais pu l'exprimer à haute voix, si honteuse pour moi que je ne pouvais qu'agir en silence, en perverse.

Il m'a donné rendez-vous après les cours, à son bureau. Il était tard, nous étions seuls dans l'université, les derniers sur des milliers au bout d'un couloir mal éclairé. Je me suis avancée dans une salle sombre, très sombre, je ne pouvais distinguer qu'une table au milieu de la pièce. Une ombre m'a saisie par derrière, m'a dit de me laisser faire, de le laisser faire.

Il me bande les yeux avec un tissu de satin. Il reste silencieux, collé à moi. Il me déshabille méthodiquement. Je suis nue, il me prend fermement par la main et m'allonge sur la table glacée, mes tétons durcissent de froid et d'excitation. Il me laisse dans le silence me sentir regardée, désirée. Je le sens se rapprocher lentement de mes pieds, leur enfile des talons aiguilles, les lèche, il se branle avec eux emprisonnés dans ces chaussures. Il arrête brusquement. Il s'éloigne de moi. Je l'entends prendre quelque chose, il me parcourt le corps avec, me demande de deviner la matière, et qu'il me punira si je le déçois. Je sais très bien que c'est une corde, mais je me trompe exprès pour me faire fouetter à en être rouge de soumission. Il s'en prend ensuite à ma poitrine, mords mes tétons, me les arrache à m'en faire jouir, attachée, ligotée jusqu'au sang, et la bouche pleine de son sexe. Je dois aimer ça en fait, moi qui fais toujours la prude, la sainte-nitouche, qui n'aime pas qu'on lui touche les seins alors que je suis une vraie salope avec mon amant dominateur.

C'est ce qu'il me raconte chaque fois, à quelques détails près, l'œil pétillant, la queue bandante, suintante, à me regarder droit dans les yeux, moi qui ne le regarde plus, moi qui regarde les boulevards grouillants de vampires, de monstres et de revenants, à la recherche d'un bus fantôme éclairé par une boule à facette. Je ne l'écoute pas, mais j'espère qu'au-delà du fantasme et du plaisir sado-maso que cette obsession lui procure, il souffre vraiment, et que cette vision entièrement fausse de mon adultère le détruit autant que moi qui ai le tournis à force de chercher un bus à quatre roues, ou huit, je ne sais pas.

Est-ce qu'il est déguisé ? Il ne me l'a pas dit, il était évasif. Ça se prépare pourtant un anniversaire le soir d'*Halloween*. Je suis sûre qu'il est déguisé, qu'ils sont déguisés, un accoutrement de couple, James Bond et sa James Bond girl, Batman et Catwoman, ridicule.

Au dessert, alors que je suis dans une nouvelle position dans ses délires de cocu, je vois passer un autocar. C'est le premier que je vois, c'est sûrement lui, à quelques mètres de moi, de ma vitre, de l'autre côté de ma vie. Il doit être en train de danser tout en se tenant à la barre du bus qui sert maintenant aux ivrognes distingués et aux acrobates du pole dance.

Il s'arrête au feu presque devant moi. Je sens les basses qui résonnent, le bus qui bouge, les rires, le champagne, les gâteaux, les bougies. Est-ce que je lui manque, est-ce qu'il me verra derrière ses verres teintés, est-ce qu'il mettra sa main en évidence pour moi, est-ce qu'il sortira en courant pour m'arracher à ma table de condamnée le soir des morts, lui qui m'a redonné la vie. Pourquoi ne descend-il pas à cet arrêt, pourquoi s'éloigner de moi si vite dans son bus, pourquoi nous détruit-il volontairement, comme lui aussi m'a détruite, il y a longtemps ?

C'était un après-midi de semaine, c'était trois jours avant Noël, la veille de l'arrivée de ses enfants. Tout allait très bien entre nous, nous étions heureux, j'étais amoureuse de lui, je ne voyais que lui depuis des années déjà, mon aventurier, mon voyageur qui m'arrachait aux banalités d'une vie sédentaire pour m'envoler dans l'inconnu, dans l'altérité, ailleurs.

On avait déjà commencé à faire un enfant, on avait été suffisamment à deux pour que je veuille être trois. Quelqu'un d'autre. Lui aussi était d'accord, me suivait dans mes délires de mère créatrice. On n'était pas encore mariés, juste pacsés. C'était il y a si peu de temps pourtant, un an ou deux à peine. J'avais déjà commencé ma thèse, ma licence de bulgare, j'avais besoin de le faire pour moi. C'était sûrement ça, le problème, en construisant mon univers je sortais de son monde. Tout le temps passé sur les bancs, je ne le passais plus avec lui, sur ses genoux. Il était seul, c'est ce qu'il m'a dit, c'était son excuse, on trouve toujours des excuses pour ne pas être coupable. Le lâche. Il ne supportait pas que je puisse être sans lui, que je ne sois plus sa chose, que je ne sois plus une nymphette.

C'était un après-midi de semaine. Il faisait froid, il n'y avait pas de neige, c'est devenu rare la neige à Noël, je m'en serai souvenue, de la pluie peut-être, le matin, mais je n'avais pas de parapluie. Je suis partie à mes cours de bulgare vers onze heures, je ne devais pas rentrer avant dix-huit heures, j'avais l'habitude de ne jamais rentrer avant, comme si j'avais un vrai travail avec de vrais horaires. Lui ne faisait rien de particulier ce jour-là, il devait écrire un nouveau scénario comme il le faisait depuis notre retour du Brésil.

Un entre-deux. C'est pour ça que j'avais repris mes études, il y a sept ans, par ennui, par intermittence. Entre les tournages, j'avais du temps, encore plus que lui qui devait assister aussi aux montages. Au début, je l'accompagnais pour combler les six mois de rien entre les voyages, et j'ai pensé que je pourrais reprendre mes études, pourquoi pas en anthropologie pour compléter ce que j'apprenais lors de mes expéditions. Mais depuis cette année, entre la thèse et le bulgare, je n'avais plus beaucoup de temps pour lui, pour combler le vide avec lui, je me suis émancipée, et lui m'attendait.

C'était un après-midi de semaine, un début d'après-midi, presque un midi. Il était plus de treize heures, un cours venait d'être annulé à la dernière minute, et j'ai décidé de rentrer pour déjeuner avec lui.

J'ai acheté des sushis en chemin, je savais qu'il n'avait pas encore mangé. Quand je ne suis pas là, il ne mange pas, je ne sais pas s'il pourrait manger sans moi. Je ne l'ai pas appelé, je n'y ai pas pensé, j'ai pris le métro avec quelques camarades, je sais ce qu'il commande chaque fois comme menu au faux japonais du coin de la rue, un menu sushis saumon et thon, je n'ai pas pensé à l'appeler, j'ai marché dans notre rue, le sol était mouillé, il avait dû pleuvoir mais pas assez pour un parapluie. J'ai cherché mes clés dans mon sac, mon énorme porte-clé avec un énorme pompon que je ne trouve jamais dans mon énorme sac. Il devait être à son bureau derrière son ordinateur à écrire le scénario final d'un documentaire sur Rio de Janeiro d'où l'on rentrait après vingt jours de repérage. J'ai mis la clé dans la porte, notre porte qui ne ferme pas bien et qui s'ouvre parfois toute seule s'il y a trop de vent. Je n'arrive pas à tourner ma clé, il a dû mettre la sienne de l'autre côté, il fait souvent ça, moi aussi maintenant, ça permet de verrouiller la porte de l'intérieur, c'est le seul moyen de vraiment fermer la porte, cette maudite porte.

J'insiste, je frappe, je sonne, je l'entends descendre l'escalier, tourner sa clé, m'ouvrir. Je comprends tout de suite que quelque chose ne va pas, que cette clé n'était pas là que par habitude. Il sourit, me demande étonné ce que je fais là, un peu trop étonné, un peu trop faux. Je lui explique mon retour, les sushis pendouillant à mon bras. Il est en T-shirt, caleçon, pantoufles et chaussettes à l'intérieur, sa tenue habituelle à la maison, mais toute cette habitude me semble suspecte.

Je n'ai jamais été suspicieuse, ou jalouse, jamais, en tout cas pas avec lui. Je pense que je l'aimais surtout pour ça, pour être la seule personne sur terre à être fidèle, j'étais pour lui le fantasme absolu, la seule femme désirable sur terre, c'est ce qu'il m'a toujours dit. Je lisais en lui, en sa perversion, comme on lit entre les lignes d'un Humbert Humbert fou d'un seul être, d'une seule proie, d'une seule Lolita. Oui, j'étais amoureuse de ça, de cet amour absolu d'un homme banal qui n'avait d'yeux et d'érections que pour moi, le centre de son monde.

Je lui demande tout de suite ce qui se passe, ce qui ne va pas. Rien, il n'y a rien du tout. Comme quand je vois une guêpe dont j'ai la phobie, que je sursaute et qu'il me dit qu'il n'y a rien du tout, que c'est juste une mouche, comme un hypnotiseur sans pouvoir de suggestion, un raté. Rien. Je regarde son caleçon. Je pense voir une bosse, un relief se dessiner sur les motifs à fleur hawaïenne, un cadeau de Noël dernier. Je mets la main à son paquet, à ses bijoux de famille. Elle est dure, encore dure, suffisamment pour que je jette mes sacs par terre et que je monte quatre à quatre les marches jusqu'à l'étage.

Je ne cherche personne, je ne l'imagine pas avec quelqu'un, je ne sais pas vraiment ce que je cherche, mais je veux y arriver avant lui et son rien, il n'y a rien du tout. Il court derrière moi, me traitant de folle. Rien, il n'y a rien du tout. Je vais à son bureau, son ordinateur portable est baissé et très chaud. Je l'ouvre avant qu'il n'arrive. Rien, il n'y a rien du tout. Rien. Et l'écran se rallume là où il en était, là où je l'ai dérangé avec ma clé qui butait contre la sienne. Rien. Le néant. Le chaos. Rien. Il n'est plus rien du tout. Un inconnu, un autre, un faible, pire qu'un homme, un pervers. Je surprends une conversation, une photo, un échange. Il me claque l'ordinateur sur les doigts. Il me regarde fermement. Rien. Il n'y a rien du tout. Mais il est trop tard. Les mots Natacha, âge 18, sado-maso, se mélangent à la photo d'une fille blonde sur un ponton en maillot de bain une pièce vert fluo, échancré au niveau des seins mais surtout de son sexe, tellement échancré qu'on distingue ses petites lèvres des grandes, et son commentaire : très beau sourire.

Je ne comprends plus rien. Je comprends tout. Je hurle de rage face à ce monstre, face à cette barbe au reflet bleu qui éclaire ce bureau, ce bourreau. Il tente de s'emparer de son ordinateur, de ces preuves compromettantes. Je le lui arrache des mains de haine et de colère, par réflexe j'arrache aussi le câble et je cours m'enfermer dans la salle de bain, seule pièce de ce château fermant vraiment à clé.

Menteur, mensonge, monstre. Emprisonnée dans une pièce hermétique, hors de sa portée, je vais enfin savoir ce que « rien » veut dire pour lui. Je m'assois par terre contre la porte. Il tambourine derrière moi. Il pourrait la défoncer s'il voulait, mais il sait qu'il est déjà trop tard, que je suis passée de l'autre côté de son miroir déformant.

J'ai la chatte de Natacha devant mes yeux embués de stupeur, j'ai le temps de regarder son sourire, le fil coincé dans son entrejambe, la pigmentation rosée de ses tétons, la dépigmentation de ses cheveux. Il venait de commencer la conversation, l'échange, je l'ai interrompu au tout début, à sa présentation. « Coucou ça va ? Très beau sourire. » Elle n'a pas encore répondu sur ce site de rencontre, de rencontre sado-maso. Je laisse la page ouverte au cas où elle se déciderait à mordre à l'hameçon.

Depuis combien de temps tout ça a commencé ? Depuis combien de temps ça dure ? Je consulte l'historique de son moteur de recherche. Je n'ai jamais regardé l'historique, sauf pour retrouver une ancienne recherche, je n'ai jamais pensé à fouiller l'ordinateur de mon mari fidèle, l'homme le plus fidèle de l'humanité. « SM, sado, maso, sado-maso, dominatrice, esclave. » Des dizaines de sites de rencontres ouverts depuis ce matin, depuis 10h36 exactement, heure à laquelle je suis partie et où il m'a dit au revoir innocemment, d'un baiser. Baiser. Je n'arrive pas à ouvrir les autres sites, il y a des codes, comment connaître les codes d'un homme qu'on ne connaît pas, peut-être que c'est mon prénom ou ma date de naissance ? À part Natachatte qui ne répond toujours pas, je ne parviens pas à ouvrir quoi que ce soit, mauvaise espionne, novice. Je fouille partout, je vais sur la page de recherche, je veux taper « maso » pour voir, mais la seule lettre « M » suffit à faire apparaître toutes ses recherches passées.

M pour Maso, maîtresse, SM, maître-esclave, masturbation, masochiste, maîtresse dominatrice. Je fais tout l'alphabet en commençant par la lettre A. Je découvre son abécédaire, son autre monde, son autre langue, dissimulée à ma candeur.

Ça fait une heure que je suis dessus, à lire tout ce que je trouve à voix haute, à prendre en photo chaque page comme preuve de ma connerie de n'avoir jamais rien vu de cette double vie passible de prison.

Au hasard de mon exploration, je découvre un dossier sans nom, un dossier avec plein de fichiers, deux cent soixante-dix-huit plus précisément. Des fichiers cryptés dont lui-même devait ignorer l'existence, ce vieil homme né avant la création de l'ordinateur, ce Néandertal de la technologie. En appuyant sur aperçu, je peux lire le contenu. Je les ai tous ouverts, les deux cent soixante-dix-huit fichiers, tous, un par un, je les ai tous lus, à voix haute, en hurlant, en pleurant, en vomissant chaque mot, chaque image, chaque éjaculation. deux cent soixante-dix-huit échanges, avec deux cent soixante-dix-huit inconnus. Je n'étais plus dans sa tête depuis longtemps, je n'étais plus la Lolita de ses fantasmes, j'étais l'autre, la mère, la femme Haze, la vieille Charlotte de plus de trente ans, j'avais donc passé sa date limite de péremption.

Deux cent soixante-dix-huit échanges où il était sado parfois, maso parfois, oui maîtresse, où il était un cheval, un professeur et toujours la jeunesse, des jeunes femmes, des jeunes filles, vingt ans, dix-huit, dix-sept ans à la limite, l'âge de sa première femme, le mien aussi quand on s'est rencontrés. Elle aussi l'a quitté à trente ans, à mon âge, l'âge de prescription de notre mari commun, peut-être pour les mêmes raisons, je ne sais pas, je n'ai jamais parlé à cette femme pendue dans une pièce interdite enfouie dans ses souvenirs malades à lui.

Je ne sais pas qui était derrière ces profils de femmes faciles, de vraies jeunes filles en mal d'argent, des employés dans des villages d'Afrique de l'Ouest payés pour assouvir les fantasmes de Blancs obsédés, frustrés, des pervers, des fausses femmes, des hommes, des policiers à la recherche de pédophiles. Il m'a trompée deux cent soixante-dix-huit fois sur un seul site, en à peine un mois, depuis notre retour du Brésil, une partie émergée de sa bite glacée.

Rien. Ce n'est sûrement rien par rapport à tout le reste.

J'ai honte, honte pour moi, honte de m'être fait avoir, honte de lui, honte de l'avoir cru innocent, comme moi, je l'étais, honte d'être pure avec un monstre, honte de toucher cet écran, ce clavier qu'il a souillé tant de fois de son sperme dégueulasse en pensant à tout sauf à moi. Est-ce qu'il en a rencontré en vrai, de ces jeunes étudiantes à qui il dit vouloir offrir de la lingerie, même de l'argent pour leurs études, ces femmes avec une queue cachée dans le fin fond du 13ᵉ, est-ce qu'il s'est branlé face caméra, face à une femme toute de cuir vêtue, sauf ses tétons recouverts eux de pinces à seins à plume.

Je hais profondément cet homme derrière la porte qui continue à clamer son innocence. Rien. Ce n'est rien du tout, ça ne te concerne pas, c'est juste pour combler mon temps, comme faire un puzzle, c'est depuis que tu m'as abandonné, ça n'existe pas, ce n'est pas du tout sexuel, c'est pour rigoler, pour l'esthétisme. Rien, je ne crois plus rien de sa bouche qui veut lécher la cire encore chaude sur des poils pubiens naissants.

Je le hais, je le haïrai toujours pour cette trahison tellement abstraite qu'elle est innommable, indéfinissable, inavouable, sans réel coupable, sans faits concrets. Innommable. Je le hais. Personne ne peut comprendre, même pas moi. Être un fantasme détrôné par des milliers d'autres dans la tête malade de son amant, ce n'est pas surmontable. Je le hais.

C'est plus que ça même, je réalise qu'il est malade, qu'il n'est pas normal, qu'il a toujours été malade, qu'il sera toujours anormal et qu'il m'a bernée. Il n'est pas un homme qui fantasme sur Internet, je n'ai pas surpris mon pauvre petit ami sur des sites de cul ou de rencontres, non, j'ai compris en ouvrant l'écran de son monde intérieur qu'il est atteint d'un mal psychiatrique, d'une vraie perversion, au même titre que sa sœur, cliniquement parlant, une famille de fous.

Il est un être qui déforme la réalité en traitant les femmes, toutes les femmes, comme des objets, toutes même moi. Je suis un objet. Je suis un casque, un micro, une perche, des chaussures à talon, des oreilles, un sexe, des tétons, des mains qui branlent et qui cuisinent, je suis des objets, des parties de corps mais pas un sujet, pas une personne. Je suis remplaçable, je suis une remplaçante, je serai remplacée par une autre, des autres. Je suis un objet à ses yeux de malade, de pervers, c'est bien ça l'essence même d'un pervers, transformer les personnes en objet, sans émotion, sans vie, sans essence, rien, un objet comme une boîte, comme une poupée, une poupée gonflable, comme un ballon, comme rien. J'ai cru être une femme à travers ses yeux matures, une femme, la femme, le fantasme, l'unique, je n'étais rien, une chose, un objet. Avant moi, pendant ses vingt années de plus que moi sur terre, il a vécu, il a aimé, il a joui en traitant les femmes comme des choses, après moi, il vivra encore, il aimera ces objets, il en jouira de nouveau. Il n'a pas besoin que je sois vivante, une femme vivante, je ne peux rien à son manque d'humanité, les choses lui suffisent, il ne peut m'aimer que comme une chose, il n'est pas humain, il ne l'a jamais été, c'est une sorte d'être sans âme qu'on ne peut pas sauver, condamné à errer dans un monde d'objets inertes mais qui le contentent entièrement.

Pourtant, à part à lui, à part cette nuit, je ne l'ai dit à personne, je n'ai rien fait. Pourtant, j'ai ouvert la porte pour prendre ma part de sushis. Pourtant, le lendemain il est allé chercher ses enfants, et j'étais là pour les accueillir. Pourtant, il a dormi dans le salon sans que personne le voie. Pourtant, on a fêté Noël chez mes parents et je l'ai embrassé du bout des lèvres quand il m'a offert son cadeau. Pourtant, toutes les nuits, je l'ai haï ouvertement, en sa présence, le tapant, l'insultant, le menaçant. Pourtant, je l'ai obligé à aller voir un psychiatre spécialisé dans les addictions, dans les perversions. Pourtant, il m'a dit y être allé et qu'il n'avait aucun problème, rien du tout. Pourtant, on est partis en vacances chez ses parents. Pourtant, on dormait dans le même lit, séparés par l'édredon symbolique de ma haine. Pourtant, on est allés au restaurant tous les deux. Pourtant je lui ai juré de le tromper et de faire pire que lui. Pourtant, un soir, je l'ai laissé s'asseoir à côté de moi pendant le film. Pourtant, il m'a caressée à m'en faire jouir et je lui ai dit oui maître en écrasant son visage de mes chaussures les plus hautes, lui, le fétichiste des talons hauts. Pourtant, je le hais encore alors que je l'ai épousé après, et que je pense encore à lui comme géniteur de plus en plus probable, alors que le bus s'éloigne de moi, et son occupant un peu plus de ma vie.

Mon il perdu

Je l'ai pris, le bus. Ce n'est pas vraiment dans mes habitudes, j'ai l'impression de perdre mon temps plus que d'avancer dedans, mais il pleut et c'était le chemin le plus direct.

Je le retrouve pour le déjeuner, un menu unique, une salade aux noix, une entrecôte saignante pour moi, à point pour lui, des frites fines et croustillantes, et une sauce verte à la recette secrète, peut-être des profiteroles, et du vin rouge. Je sors d'une conférence en anthropologie, mon bonheur, les études que j'avais choisies avant de me perdre en anthropologie du langage pour ma thèse. Anthropologie du langage, avouez que ça porte à confusion, juste avec le terme « langage » qui lui est accolé, la matière première change complètement : plus les mêmes pères fondateurs, plus les mêmes concepts, plus les mêmes lectures, aucun rapport. C'est peut-être pour ça aussi que ma thèse n'avance pas. J'ai changé de discipline malgré moi à cause d'un mot fourbe supplémentaire que je trouvais beau, le langage.

Pendant quatre heures, j'ai retrouvé mes anciens collègues, qui ont parlé de leurs sujets de recherche, de leurs avancées, de leurs techniques d'approche que j'aurais tant aimé appliquer, plutôt que de faire des analyses de discours tordus sur mes silences et mes non-dits. Une bouffée d'oxygène. C'est ce que je lui raconte pleine de joie et d'entrain devant nos plats qui défilent. Je lui explique que j'ai eu une révélation en écoutant un autre doctorant parler des survivants de la Shoah. Je ne peux pas réparer mon père, il n'y a rien à réparer en fait, il est ce que je vois et rien d'autre, il n'y a pas un monde caché derrière son armure, non, il est cette armure, cette résilience, ce déraciné, il est ce que je vois, et je pense que maintenant je peux accepter qu'il n'y ait que ça, qu'il ne soit que ça, que je dois l'aimer comme ça.

Je suis émue, je souris, je parle vite, je joue de mon corps et de mes gestes comme à un premier rendez-vous où il faut se montrer sous son meilleur jour, où le langage corporel est encore important. Je le fais exprès, sûrement un peu trop. J'ai élaboré cette stratégie dans le bus, lui montrer que je suis heureuse malgré lui, malgré notre histoire si triste.

Je lui parle de ma soirée de la veille, on est sortis au restaurant avec des amis, c'était joyeux, alcoolisé, léger.

Je lui parle de notre futur tournage, dans quelques semaines, aux États-Unis, un énorme road trip d'Est en Ouest sur les droits des animaux. Je lui parle de notre week-end qui approche avec cette même bande d'amis déjantés. Je raconte des blagues, je bois trop, je parle trop, je rigole trop, je surjoue, je suis pathétique.

Lui est en face de moi. En spectateur, il m'écoute déambuler entre mes recherches anthropologiques, mes révélations sur mon père, les potins de ma soirée et mes voyages à la *Easy Rider*. Je pense que c'est là que je l'ai perdu, à trop jouer le bonheur de ma vie sans lui, mon effervescence dont il est devenu l'eau plate, tiède et insipide. Est-ce que je jouais si bien la femme légère et indifférente ? C'est sûrement entre le pain trempé dans le restant de sauce et l'addition qu'il a réalisé qu'il ne pouvait plus rien m'apporter, lui et son non-déclic, sa non-force, sa non-décision, que le 1er avril était trop loin pour notre amour, et qu'aujourd'hui il était déjà trop tard. À lui énumérer mes bonheurs, il a dû réaliser qu'il était mon malheur, ma tristesse, qu'il me détruisait un peu plus chaque jour et qu'il n'y avait déjà plus grand-chose à sauver. Il me regarde m'éloigner de lui dans mes délires d'érudition et de voyages. Il me regarde, il me sourit, et je ne vois pas que je viens de le perdre alors que je finis à la cuillère la sauce secrète.

On va à l'hôtel, dans notre chambre, la 501, qu'on réclame chaque fois. Je retire mon jean, mes baskets mouillées. Je n'ai pas de bas, pas de talons, je garde ma chemise blanche et ma culotte, ce sera à lui de me les retirer au dernier moment. Je commence à le sucer, lui ne dit rien, il est ailleurs. Malgré ma salive, la pression de mes lèvres, il reste mou. Je suis désolé, je n'y arrive pas. Il me remonte vers son visage, doucement, vers sa bouche qui parle enfin, vers ses yeux qui ont déjà tout dit, alors qu'il continue à me poignarder de ses mots qu'on ne prononce qu'une seule fois dans une relation.

Je lui dis de se taire, de me prendre, de jouir, de me faire jouir, et on pourra encore s'aimer. Il me dit qu'on doit en finir, qu'il ne peut plus supporter de me voir malheureuse à cause de lui. Je suis folle, je lui monte dessus, arrache ma culotte, tente de l'introduire en moi alors que mon visage est déjà vaincu par les larmes. Il me prend dans ses bras, mon corps aussi capitule. Défaite. J'ai perdu, je l'ai perdu. Je ne sais même pas quand il est sorti, assez vite je crois, quand on quitte quelqu'un c'est toujours trop vite pour le perdant. Il a dû m'embrasser tendrement, me dire des mots qu'on se doit de dire quand on est bien élevé. Bonjour madame, merci, au revoir madame, c'est pour le mieux, je t'aime, prend soin de toi. Oh c'est un garçon très poli, c'est admirable.

Je suis allongée sur le lit, la culotte par terre, je regarde le ciel délavé comme mes yeux, comme mon jean, comme la chambre. Le téléphone sonne, la réception. Oui, je pars tout de suite, désolée. Moi aussi, je suis bien élevée.

Il ne pleut presque plus, je vais rentrer à pied pour calmer mon cœur qui bat trop la chamade. C'était peut-être un mauvais rêve, une invention pour me résoudre à agir. Il ne peut pas me quitter, pas comme ça, on ne peut pas se quitter. Et moi qui n'ai toujours pas eu mes règles, quel jour sommes-nous ? Le 15 novembre, j'ai plus de quinze jours de retard. Je suis peut-être enceinte. C'est pour ça que je pleure, les hormones. Ce n'était qu'une petite dispute passionnelle entre deux amants. Je vais m'arrêter dans une pharmacie acheter un test, et s'il est positif, ça voudra dire qu'on est toujours ensemble et qu'on quitte nos vies pourries tout de suite. Je vais l'appeler pour lui dire la bonne nouvelle, il sera fou de joie, j'aimerais voir sa tête. Messagerie. Je ne laisse pas de message, je vais lui faire la surprise, je vais commencer à regarder les annonces d'appartement, dans le 14e, c'est évident. Je dois faire une photo pour me rappeler ce moment.

Je suis horrible. Mes lèvres sont gonflées comme botoxées, mes yeux ne sont plus que des fentes, mon nez tuméfié. Il a disparu. Et son répondeur, toujours son répondeur. Je me suis fait larguer dans une chambre d'hôtel louée à l'heure, et en plus, c'est moi qui ai payé.

J'arrive bientôt devant chez moi, je n'ai pas vu son scooter, et il ne répond toujours pas. Il faut que je lui parle une dernière fois pour lui dire que ce n'est pas possible, que tout est fini aussi pour moi.

Il m'ouvre la porte, il devait m'entendre piétiner devant depuis des dizaines de minutes, la loque, le haillon, le débris. Je fonce dans ses bras, je lui bave dessus, je m'essuie le nez, les yeux, sur lui qui avait mis une chemise blanche, c'est foutu. Je lui demande de ne pas poser de questions, d'être juste là pour moi, qui ne suis pas encore vraiment là, mais presque. C'est une rechute de tristesse, les hormones, mais justement c'est la dernière, après je serai libérée et demain, en fin de journée, quand on partira en week-end avec tous nos amis, j'aurai tourné la page, je serai peut-être heureuse. Mais ce soir, il devra juste me câliner, comme un frère, comme un père, comme un oncle, comme un grand-père, comme un mari qui va retrouver un peu de fierté.

Il m'a préparé un goûter et un thé chaud, il l'a préparé tout seul dans notre théière qu'on avait rapportée du Japon. Ce n'est pas assez fort, pas assez chaud, mais c'est suffisant pour mon amertume. On est quittes, enfin presque, dans quelques minutes on le sera vraiment, quand je l'aurai quitté, quand il m'appellera, quand je lui dirai que je dois décrocher une dernière fois, quand je monterai dans son bureau pour m'isoler un peu, quand je saurai qu'il est monté derrière moi et qu'il m'écoute discrètement, comme un enfant écoute ses parents se disputer derrière la porte, comme il faut, au loin, un voyeur.

Excuse-moi, qu'il me dit, j'étais en rendez-vous, je viens de voir tes appels, qu'il me dit. Je ne réponds pas, pas encore, comme si j'étais fâchée, mais je ne le suis plus fâchée, je ne suis plus, lui non plus. Il me demande si ça va, si je suis bien rentrée, que c'était n'importe quoi et, pour se faire pardonner, il m'invite demain matin à prendre un petit déjeuner dans un café comme des touristes qui veulent faire Parisiens sans savoir que les Parisiens ne font pas ça, jamais.

Il n'y aura pas de petit déjeuner demain matin, il n'y aura pas de café crème, pas de jus d'orange pressé, pas de croissant pour lui, pas de baguette avec petit carré de beurre et confiture pour moi.

Alors on ira déjeuner, ça fait longtemps que tu voulais un tartare. Il n'y aura pas de tartare non plus, pas de frites, pas de salade, pas de pain sur lequel je mets un peu de ma viande crue pour faire un cannibale, pas de cheval, pas de bœuf, pas de Worcestershire sauce, pas de câpres, pas d'oignons, ni même de ketchup, je déteste le ketchup, j'ai toujours détesté ça, sauf avec les croque-monsieur ou madame.

Excuse-moi, je suis désolé, qu'il me dit. C'est fini. Tu avais raison, c'est fini, ça ne peut plus continuer, ça fait trop mal maintenant, on doit se libérer, je te libère comme tu m'as libérée tout à l'heure.

Non, non ce n'est pas possible, ce n'est pas possible comme ça. C'est fini. Il n'y aura plus de déjeuner, plus d'hôtel, plus de lit, il n'y aura plus de scooter, plus de promesses. Écoute-moi bien, il n'y aura pas de Bulgarie, pas de mariage, pas de kidnapping, pas de Kusturica, il n'y aura pas de Sud, pas de Cataractes, pas de Laos, pas de Namur, pas de murmures contre un mur à manger des mûres mures, il n'y aura pas d'enfant, pas de Chouke grandissant avec l'accent belge, pas de petit nous, pas d'un enfant avec toi. Il n'y aura plus de point, ni même trois petits points et plus jamais de Stop. Plus de pleurs, plus de piques au cœur le samedi soir, plus de mois innommables. Il n'y aura plus d'appels, plus de messages, plus de klaxon dans ma rue, plus de détour vers la gauche, plus de cuir, plus de lin, plus de velours.

Il n'y aura plus de nous après cet appel, tu n'entendras plus jamais ma voix, tu ne verras plus jamais mon sourire, je disparais pour toujours comme tu disparais aussi de ma vie, de mon avenir. Je te remercie d'avoir été, mais je dois t'effacer de ma tête, de mon imagination et avancer maintenant que je sais où je vais. C'est fini, et je peux enfin commencer à vivre. Adieu mon Namur, mon amant des Balkans, mon âme sœur, mon double hypothétique, mon innommable, mon inavouable, adieu.

Je n'ai même pas réfléchi, il ne faut pas trop réfléchir quand on prend une telle décision, j'ai raccroché. J'ai effacé ses messages, tous ses messages, j'ai effacé son nom, son initiale, sa lettre, il est un point, un point bloqué à partir de cet instant, alors que je me ressaisis et qu'il marche sourdement vers moi en faisant craquer le parquet de son bureau, dans son ancienne chambre conjugale, se dirigeant là où je suis, sidérée, vers ce canapé-lit qui gardera l'empreinte de nos ébats perdus dans ma tête dérangée et abandonnée.

Mon unique amour. Un jour, quand on sera vieux, quand on aura fini nos vies, quand ils seront morts, et qu'on aura pleuré leurs dépouilles vieillies, comme nous. Quand on sera enfin seuls, quand nos enfants auront grandi et qu'ils nous auront quittés eux aussi, on s'aimera enfin. On s'aimera comme dans un studio en travaux, comme dans une chambre de jeune fille défraîchie, comme quand on était jeunes mais en plus vieux, en plus raides, en plus fripés. On fera l'amour de nos corps usés, emprunts de nos années séparées, et on pleurera ensemble nos vies, mais on sera enfin heureux, vivants, libérés, libres et vieux.

C'est fini. Je martèle cette affirmation dans ma tête. C'est fini, alors que je reçois cet air frais sur le visage, cet air nouveau à vélo. Je vais à la deuxième journée de ma conférence anthropologique avant de partir à la mer cet après-midi. On sera cinq amis dans ma voiture familiale, une vingtaine dans quelques heures à marée haute sur une île perdue de Bretagne, on sera soûls, on dansera, on rira comme à un enterrement de vie de jeune fille perdue, je retrouverai mes amis, je retrouverai ma vie où j'étais heureuse, ma vie d'il y a neuf mois. C'est tellement chronophage un amant, je n'aurai plus à courir entre deux vies, que c'est fatiguant cette deuxième vie si elle ne passe jamais devant !

C'est fini. J'ai dû marcher un peu plus pour aller prendre mon vélo, je ne tournerai plus jamais à gauche, à l'est, *a sinistra*, de l'autre côté, ça sera aussi bien, à l'ouest, aller vers l'ouest, suivre le soleil dans sa course pour ne jamais le voir se coucher.

C'est fini, c'est enfin fini, et même si mes joues se salent encore un peu, je suis libre, j'ai du temps, enfin du temps pour moi. Au feu vert, je double tous les autres qui ne savent pas où ils vont, moi, je remonte vers la rue des Saints-Pères, sainte mère que je serai un jour, bientôt, dans ma vie si agréable, si oisive de facilité, comment ne pas être heureuse, lumineuse ?

Un jour, un jour peut-être, tu existeras vraiment. Un jour peut-être, je réussirai à te nommer de ton si joli prénom pour te donner vie, enfin. « Au commencement était le verbe », mais je ne t'ai pas assez invoqué pour que tu existes réellement, juste ce qu'il fallait pour m'insuffler l'audace de vouloir être. Comment te nommer puisque tu n'es pas, puisque je t'ai inventé dans ma folie pour me donner une impulsion de vie ? As-tu jamais existé d'ailleurs, ailleurs que dans ma tête, mon âme slave, mon amour des Balkans. J'aurais tant aimé que tu existes vraiment pour m'arracher à ce monde et m'enfuir avec toi dans des contrées familièrement inconnues, comme toi mon ami, mon opposé, mon silence, mon non-dit, mon fantasme imaginaire, ma main salvatrice que je n'ai pas réussi à saisir à temps.

Libre. Je n'ai plus besoin de personne. Plus besoin de lui, plus besoin de toi, de ta si belle main, plus besoin de mon père et de sa permission pour que cette histoire familiale, cette Bulgarie, soit aussi mon histoire, ma Bulgarie. Je ne dépends plus de personne pour être heureuse, pour écouter mes désirs.

Tu m'as redonné vie quand tu m'as regardée de tes yeux cerclés d'ardeur, quand j'ai réalisé que quelque chose n'allait pas dans ma façon d'être, dans mon manque d'humanité. Merci de m'avoir libérée d'une emprise sans nom, merci pour ce passage de l'inertie à la création. Désormais, je ne me cacherai plus derrière les hommes, pervers ou imaginaires, je me mets enfin dans la lumière.

Je ne suis plus une chose, un objet, une muse, un fantasme, un jouet, une poupée, une Galatée, je suis une femme avec un grand H, non, plus de H, avec un grand F, je suis un sujet, je suis une réalité, je suis seule, je suis entière, je suis vivante, je suis.

Épilogue

Mon il au trésor

Il est tard. Enfin même pour moi qui suis toujours en retard. Le temps peut défiler, il ne me fait plus peur, j'ai ma liberté entre les mains.

Je suis nue, nue du bas, ma poitrine gonflée n'intéresse que moi. J'ai retiré ma jupe, ma culotte. Ça doit bien suffire comme ça.

Je me suis allongée sur ce lit familier, j'écarte les jambes comme je sais si bien le faire. J'observe son visage qui s'agite au-dessus de moi, qui me regarde, entre deux mouvements. Ne résonnent dans cette chambre que nos voix maladroites des premiers instants. Je parle de tout, de rien. Je me concentre pour ne pas montrer ma peur et je souffle pour chasser mes idées morbides en attendant que les machines s'allument.

On parle de voyages, de villages dans les montagnes, de routes sinueuses près de rivières, de restaurants cachés, de fromage de brebis et de charcuterie. C'est drôle, cet été, ils iront en famille non loin de son village à lui, là où je serai, moi aussi. Ils feront une marche de plusieurs jours, et elle aura sûrement aux pieds des chaussures rouges de randonnée high-tech.

Elle peut enfin commencer l'examen. Elle ne sait pas trop si elle doit utiliser une sonde endovaginale ou transabdominale. J'aurai dû venir bien avant, à mon âge, et avec mon historique, on doit suivre ça de très près. Elle dit qu'on va jouer les optimistes, elle m'asperge de gel froid et me colle la sonde sur le bas-ventre.

Je lui ai répondu avec le sourire, je ne me suis même pas excusée en lui jurant que j'étais très heureuse. Je suis en apnée depuis si longtemps que je ne dois plus avoir de pouls. Elle cherche, et moi aussi je cherche, sur l'écran noir et blanc où je ne vois jamais rien.

Je décide de la regarder elle, comme on regarde une hôtesse de l'air dans les turbulences pour savoir si on est en train de s'écraser ou simplement de voler.

Elle a l'air calme, normale. Tout me semble en place. Pas de grossesse extra-utérine, pas de double ovulation, un bon développement, une bonne croissance, un cœur dynamique, vous voulez écouter ? Que c'est étrange d'entendre un son, une musique sortir de soi, un rythme unique à la seconde près.

Félicitations, vous pouvez enfin l'annoncer, vous êtes enceinte de douze semaines ! Elle se penche à mon oreille dans le brouhaha des battements. Vous en avez mis du temps, mais finalement vous avez bien choisi.

Nous sommes le 15 février, dans deux jours j'aurai trente-quatre ans et je suis enceinte de 3 mois.

FIN

#lisez engagé !
www.lisez.com
Pour plus d'information :
Imprimé sur du papier issu de forêts gérées durablement.

CET OUVRAGE A ÉTÉ ACHEVÉ D'IMPRIMER SUR ROTO-PAGE
PAR L'IMPRIMERIE FLOCH À MAYENNE EN AVRIL 2023

N° d'impression : 102394
N° d'édition : 31496/01
Imprimé en France